講談社文庫

新装版

梅安蟻地獄

仕掛人・藤枝梅安（二）

池波正太郎

講談社

目次

新装版

梅安蟻地獄

仕掛人・藤枝梅安

春雪仕掛針

一

二月（現代の三月）に入ったばかりの、妙に、なまあたたかい夜であった。

その小舟は、浅草の今戸にある〔二文字屋《にもんじや》〕という料亭の船着場《ふなつきば》に待っていて、宴席からぬけ出して来た中年の侍を乗せ、大川へすべり出して行った。

小舟は、浅草・平右衛門町《へいえもんちょう》の船宿〔井口屋〕のものだ。中年の侍はなじみの客で、名を、川村佐十郎《かわむらさじゅうろう》といい、昌平橋《しょうへいばし》に屋敷を構える二千五百石の大身旗本《たいしんはたもと》・戸田弾正《とだだんじょう》の用人《ようにん》をつとめている。

川村は、この日、井口屋から小舟を仕立て、今戸の二文字屋へ向い、舟を待たせておいたのだ。

船頭は、川村が顔見知りの若者であったが、月も星もない暗夜の大川へ漕《こ》ぎ出してから、

「旦那。お寒くはございませんか？」

と、声をかけてきた。

その声を背中にきいたとき、川村佐十郎は、

(はて……？)

妙な気がした。

若い船頭の声には、ききおぼえがある。

だが、その声ではなかった。

暗い船着場へ、二文字屋の亭主や座敷女中に見送られて出て来て、何気なく舟へ乗りこんでしまった川村は、そのとき、低く頭を下げて迎えた船頭の顔を、別にたしかめてはいなかった。

ただ手ぬぐいを頭にかぶっていた船頭を、

(ぶれいな……)

と、見たまでである。

それも、

(寒いのだろう)

と、おもい直し、むっつりと舟へ乗りこんだまでのことだ。

(声が、ちがう……)

はっと、川村佐十郎が身を捩《よじ》ってふり向いたとき、船頭が目の前に屈《かが》みこんでいたではないか……。

「あっ……」

大男の船頭である。

〔井口屋〕の若い船頭は、もっと躰《からだ》が小さかった。

川村が舟へもどったとき、この船頭は、これほどの巨漢だったのか……。

すこしも気づかなかった。

川村佐十郎が、主家へ出入りをする商家のあつまりに招かれて来て、だいぶんに酔っていたことも事実だ。

「何者だ!!」

誰何《すいか》して、大刀をつかみかけた川村の左手を巨漢の右手がぐいとつかんだ。

「鍼医《はり》者の藤枝梅安《ふじえだばいあん》という者でございますよ」

「は、鍼医……」

いいさして、川村佐十郎の声が途絶《とだ》えた。

川村は白眼《しろめ》をむき出し、口を開けたまま、静止している。

船頭……いや、仕掛人《しかけにん》・藤枝梅安の左手が、川村佐十郎のくびすじから、ゆっくりとはなれた。

その左手に、殺し針がきらりと光った。

川村の盆《ぼん》の窪《くぼ》の急所を深ぶかと突きつらぬいた殺し針なのである。

梅安は、殺し針をふところへ仕まいこみ、身を捩ったままの姿勢で静止している川村佐十郎の躰を、大川へ突き飛ばした。

川面《かわも》は、たちまちに川村の躰を呑みこんでしまった。

梅安は、ゆっくりと立ちあがり、舟を漕ぎはじめた。

今戸の二文字屋の船着場に近い草むらで、梅安に当身《あてみ》をくらって気をうしなっていた若い船頭が息を吹き返し、

「た、大変だ。大変だあ……」

叫びながら、二文字屋へ駆け込んだのは、そのころであったろう。

藤枝梅安が、品川台町《しながわだいまち》の自宅へ帰り着いたのは、四ツ半（午後十一時）をまわっていた。

(先ず、酒だ……)

すぐに台所へ入った。

そのとき、玄関の戸を激しく叩《たた》く音がきこえた。

「先生、梅安先生、大変だ。起きて下せえ。起きて下せえよう!!」

声は、近くに住む下駄屋の金蔵《きんぞう》のものであった。

「どうした?」

玄関へ出た梅安が、戸を開けてやると、金蔵がころげこむように入って来て、

「女房が、生《う》みそうなんで……」

「二人目の子だな。それは、私の役割りではない。産婆をたのめ」

「産婆が、青くなっているんですよう」

「どうして？」

「な、な、難産で、手がつけられねえとよう」

「ふうむ……」

「とにかく来て下せえ。診《み》て下せえよう」

と、下駄屋の金蔵は、梅安の鍼で、おのれの重病が癒《なお》っただけに、信頼絶大なものがある。

ついに、藤枝梅安は腰をあげた。

なるほど、難産であった。

あったが、しかし、梅安の奮闘と適切な処置で、金蔵の女房・おだいは何とか男の子を生み落した。

「子供は大丈夫だ。女房に気をつけて看病しろ。何かあったら、すぐ知らせに来い」

と、いい置き、梅安は、ひとまず我家《わがや》へ帰った。空が白みかけている。

茶わん酒を二杯のんで、梅安は寝床へもぐりこみ、たちまちにねむりこんだ。

深いねむりへ落ちこみつつ、

(一夜のうちに、この手で一人を殺し、一人の新しいいのちを助けた……)

そんなことをちらりとおもったが、あとは、もう、おぼえていなかった。

自分《おのれ》の所業の矛盾《むじゅん》は、理屈では解決できぬものだ。

世の中の矛盾も同様である。

これを、むりにも理屈で解決しようとすれば、かならず、矛盾が勝ってしまうのである。

梅安が殺した川村佐十郎は、たしか、

(世の中に生かしておいては、ためにならぬ男……)

　であるはずだ。

「もし……もし、先生。お客さまでございますよう」

家の掃除や洗濯に来てくれる近所の百姓の老婆・おせきの声で、梅安は目ざめた。

「何刻《なんどき》だね?」

「昼すぎですよ」

「客は?」

「玄関で、待っていなさいます」

二

藤枝梅安が寝間にしている八畳と居間の六畳と、この二つの部屋と玄関の土間を長四畳の板の間がへだてている。

せめて、そこにでも、

「おあがりなさいましよ」

と、おせき婆がすすめたのだけれども、

「いいえ、先生が、お目ざめになってからでようございますよ」

来客は、律儀《りちぎ》にそういって、土間へ立ったままであった。

起きあがった梅安が板の間へ出て来て、

「やあ、吉兵衛《きちべえ》さんか」

「早すぎましてございますか？」

「いや、もう起きなくては……」

いいさして梅安が、おせきへ、

「婆さん。もう帰ってもいいよ」

「へい、へい。夕方に、もう一度、来て見ますよ」

「そうしておくれ」

おせきが帰って行くと、客が、ようやく、小腰を屈《かが》め、居間へ入って来た。

客は小柄な、骨張った躰つきの老人である。

「六十には、まだ少し、間がございますよ」

と、当人はいうのだが、渋紙《しぶかみ》をもみつくしてむりに引きのばしたような顔つきといい、しわがれた音声といい、どう見ても、

「六十をこえて……」

見えるのである。

客の名を、札掛《ふだかけ》の吉兵衛《きちべえ》という。

見たところ外見《がいけん》は、あくまでも物堅《ものがた》い風体《ふうてい》なり容貌《ようぼう》なりだし、どこぞの商家の老番頭のような吉兵衛だが、この老人の名は江戸の暗黒街に鳴りひびいている。

本郷六丁目の善福寺《ぜんぷくじ》門前に住む札掛の吉兵衛は、本郷から下谷《したや》へかけてを縄張《なわば》りにしている香具師《やし》の元締《もとじめ》であった。

梅安は、吉兵衛が依頼して来た仕掛けなら、これまでに断わったことがない。

「この世に生かしておいては、ためにならぬ……」

という吉兵衛のことばを、梅安は信頼している。

吉兵衛の依頼で仕掛けた相手について、これまでに一度も、梅安は裏切られたことがな

い。

　昨夜、梅安が手にかけた川村佐十郎は、札掛の吉兵衛の依頼による仕掛けであった。

　茶をいれている梅安の前へ、吉兵衛が、残りの半金四十両を袱紗《ふくさ》の上へ乗せて差し出し、

「たしかに……」

　と、うなずき、

「今朝方、三好町《みよしちよう》の河岸へ、ながれつきましたそうで」

　と、いった。川村佐十郎の死体が、ながれついたということだ。

「いつもながら、おみごとな仕掛けでございましたね」

　梅安は無表情に、四十両を袱紗に包んでふところへ入れ、

「たしかに……」

　うなずいて見せた。

「川村佐十郎があの世へ行ったおかげで、何人もの人たちが助かりましてございますよ」

　梅安が出した茶を、札掛の吉兵衛は押しいただいて一口のみ、

「梅安先生。これは、むりを承知の上で、おねがいをいたしますのでございますが……」

　いいさしたのへ、梅安が、

「元締。つづけざまの仕掛けを私がやらぬことは、御存知のはずだ」

「ええ、それはもう……ですが、こいつは、どうしても先生でねえと……」

「つづけざまに仕掛けたのでは、こちらが保《も》たぬ」

「はい、はい」

それは吉兵衛にも、よくわかっていることであった。

大金で請負《うけお》う殺人ゆえ、絶対に、他人の眼にふれてはならぬ。このために仕掛人は極度に心身をつかい果し、仕掛けが終ったときは、梅安ほどの者でも、それこそ熱海の温泉《ゆ》へでも出かけて一《ひ》と月、二《ふた》月は何もせずに、ぐったりと寝そべっていたくなるほどなのである。

腕力にまかせて〔なぶり殺し〕にするのなら、

「わけもない……」

ことなのだ。

終えたばかりの川村佐十郎の一件は、至急の仕掛けだというので、吉兵衛は金八十両という破格の仕掛料を梅安に支払った。

それだけに、この半月というもの藤枝梅安は、川村を殺す仕度にかかりきりで、夜《よ》も日もなかった。それに江戸の自宅にいる以上、鍼医としての仕事もなおざりにはできぬ。

そうしたことを、むろん、札掛の吉兵衛はわきまえている。わきまえての上で、どうしても梅安をたのみにするよりほかはないと、おもいきわめたのであろう。

おだやかな顔貌や、物静かな口調の底に、そうした吉兵衛のおもいがひそんでいることを梅安は看破《かんぱ》した。

（よくよくのことらしい……）

札掛の吉兵衛は、仕掛人・彦次郎《ひこじろう》の腕の冴えをよく知っている。

のである。

ゆえに、その彦次郎でも、

（今度の仕掛けは、こころもとない）

と、おもえばこそ、むりを押して梅安ひとりを目ざしていることになる。

「半年か、一年がかりの仕事ならば、引きうけてもいいがね、元締」

と、梅安がいった。

吉兵衛は両眼を閉じ、微かにくびを振った。

「明日にでも……いえ、今日のうちにも仕掛けていただきたいくらいのもので……」

「そんな……川村佐十郎一件も元締のたのみゆえ、急ぎの仕掛けの、あぶない橋をわたったのだよ」

「いえ、重ね重ねのむりは承知の上なので……ま、きいて下さいまし、先生」

「いや、きくまい」

きっぱりと、藤枝梅安がいいきった。

札掛の吉兵衛は、がっくりと面《おもて》を伏せ、

「仕方がございませんね」

つぶやくようにいって、腰をあげた。

三

その日から翌日の午後にかけて、梅安は、近辺の患者の治療に熱中した。

下駄屋の金蔵の女房は、さいわいに一命をとりとめた。

梅安は、信頼のできる近くの町医者の手に、以後のことをまかせた。

さいわいに、重い病気の患者は、いまのところいなかった。

(ちょうどいい)

梅安のこころは、京都へ飛んでいる。

急に、おもいたったことであった。

「近いうちに、また旅へ出るつもりだから、患者《びょうにん》が困らぬようにしておかぬとな……」

と、梅安はおせき婆にいった。

「どこへ行きなさるんで？」

「京へ、な……」

「上方《かみがた》から去年の秋に、帰って来なすったばかりなのによう」

「それだから、尚更《なおさら》にまた行きたくなったのさ。私が生まれたのは駿河《するが》の藤枝だが、恩人に育てられたのは京の都なのだよ、婆さん。だから京は、私の故郷も同じなのだ」

「へへえ……」

「私も年をとった所為《せい》だろうな、こんな気もちになってきたのは……」

「先生は、今年いくつにおなんなさいましたね？」

「三十六か七か……そんなところだろうよ」

「それにしちゃあ、年寄りくさいことをいいなさるよう」

梅安のいうことに、偽《いつわ》りはなかった。

去年。彦次郎と共に久しぶりでおとずれた京の町の、落ちついて静かな、それでいて、しっとりとした華《はな》やかさに、梅安はしみじみと、

（やはり、私は、この京に育った男だ）

つくづくと、そうおもった。

若いころに殺人を犯した過去をもつ梅安だけに、住みつくことはできぬが、

（一と月、二た月の逗留《とうりゅう》なら、のんびりとできる）

のである。

捨子《すてご》同然の梅安を育ててくれ、鍼《はり》の術を仕込んでくれた亡き津山悦堂《つやまえつどう》の祥月《しょうつき》命日《めいにち》が、あと一と月ほどでやって来る。

去年は、おもいがけぬ事件に巻きこまれてしまい、悦堂の菩提所《ぼだいしょ》・欣浄寺《ごんじょうじ》へ立ち寄りなが

ら、和尚へあいさつもできなかった。

（私も、長くは生きていられまい……）

と、これは梅安が仕掛けの稼業へ入ってから、折にふれて胸に嚙みしめていることであったが、ことに年が明けてからは、そのおもいが強くなってきている。

（それなのに、私は、悦堂先生の御墓のことも考えていなかった……）

そうおもうと、居ても立ってもいられなくなってきた。

今度、八十両という仕掛料が入ったので、梅安は、この金を伏見・墨染《すみぞめ》の欣浄寺へおさめ、津山悦堂の永代供養《えいだいくよう》をたのむつもりであった。

人を殺して得た金で、恩師の供養をすることの矛盾を、世の人びとが知ったら、なんとおもうだろうか……。

もっとも、それならば、金で亡き人びとの供養をする寺方は、果して仏門《ぶつもん》に則《のっ》とっているのであろうか……。

世の中の仕組みは、すべて矛盾から成り立っている。

これは絶対のことで、未来永劫《みらいえいごう》変るまい。

さて……。

翌日の昼下りになって、藤枝梅安は品川台町の家を出た。

明後日には江戸を発ち、京都へ向うつもりの梅安であった。

（その前に、彦さんと、のみあかそう）

そのつもりなのである。

浅草の外れの、塩入土手下《しおいりどて》の彦次郎の家へ向う途々《みちみち》、梅安の脳裡《のうり》に、昨日の札掛の吉兵衛の老顔が、浮かんでは消えた。

（よほどに、困っていたようだが……）

しかし〔蔓《つる》〕と〔仕掛人〕の間に、義理はなくともよいのである。

肝心《かんじん》なことは、蔓が支払う金にそむかぬ仕掛けをしてのけることなのだ。

彦次郎の家の戸は、閉まっていた。

戸締りがしてある。

留守らしい。

梅安は、腰の矢立の筆をぬいて、

〔井筒で待っている　梅〕

と、懐紙にしたため、これを折りたたんで、戸の隙間《すきま》から土間へ差し入れた。

彦次郎の家から、橋場の料亭〔井筒《いづつ》〕は程近い。

「あれ……」

入って来た藤枝梅安を見るや、井筒の座敷女中おもんが眼をうるませ、飛び立つようにして迎えた。

「離れは、ふさがっているかね?」

「いいえ、だれも……」

「それは好都合だ」

おもんは、もう、夜のふけるのが待ちきれぬように、離れへ落ちついた梅安の背中へ抱きついてきた。

「どうしたのだよ、これ……」

たっぷりと量感のある女の躰を前へまわし、ひざへ抱きあげたが、巨漢の梅安ゆえ、おもんの胸も背も腰も男の躰の中へ埋もれてしまったように見えた。

三十を越えて、二度目に花をひらいたおもんの躰が、あまりにもみずみずしいので、梅安は目をみはるおもいがしている。

えりもとを押しひらき、乳房の上部のふくらみを舌で撫《な》でてやると、

「むうん……」

おもんがうめき声を発し、双腕《もろうで》を梅安のくびすじへ巻きつけてきた。

なめらかなおもんの喉《のど》から胸のあたりにかけて、静脈《じょうみゃく》が青く浮き出てい、肌に女の凝脂《ぎょうし》が照っている。

「子供は、丈夫でいるかね?」

おもんは眼を閉じたまま夢うつつのように、うなずいた。

……やがて、離れを出て行くとき、おもんは小娘のようにはじらい、面《おもて》を伏せたまま、

「すぐに、あの、お湯の仕度を……」

梅安の背中へ、ささやいた。

すでに、とっぷりと暮れていた。

彦次郎は、まだ、あらわれぬ。

(彦さん、新しい仕掛けをたのまれたのかな……?)

風呂場から出て来ると、離れでは、おもんが酒食《しゅしょく》の仕度に取りかかっていた。

「や、白魚《しらうお》だね」

「先生の、お好きなようになさいますね?」

佃《つくだ》の沖で漁《と》れた白魚が平たい籠《かご》に盛られてい、小さな細い透明な魚の躰から籠の目が透き通って見えるようにおもえるほどだ。それに黒胡麻《くろごま》の粒一つを置いたような愛らしい白魚の目はどうだ。食べてしまう自分《おのれ》が憎らしいとさえ感じられてくる。

おもんは、火鉢へ小鍋《こなべ》を置き、塩と酒とで淡味《うすあじ》の汁を煮たてた。

「こんなもので、ようございますか?」

「どれ? ……ああ、よしよし」

梅安は、それへわずかに醬油《しょうゆ》をたらしこみ、菜箸《さいばし》にすくい取った白魚を鍋へ入れた。こうして、さっと煮た白魚へ、潰《つぶ》し卵《たまご》を落しかけて食べるのが、梅安の好みなのである。

「あとで、いつもの友だちが来るだろう。白魚を少し、とっておいてやってくれと、板場《いたば》にたのんでおいてもらいたいな」

「あい」

おもんを相手に、梅安が酒をのみ終えても、まだ、彦次郎はあらわれなかった。

そのかわりに、井筒の亭主・与助が、離れへあいさつに来た。

かつて梅安は、与助の大病を泊りこみで癒してやったことがある。

以来、与助夫婦は「雉子《きじ》の宮《みや》の先生」と梅安をよび、すぐれた鍼医者と信じてうたがわぬ。

このごろでは与助夫婦も、梅安とおもんのことを、うすうす気づいているらしいのだが、何もいわなかった。

また、おもんも、それをよいことにして何事にも、

「人目をはばからぬ……」

ようなまねは、決してしない。

梅安と与助が、どれほど語り合ったろう。

酒を取りに行ったおもんがもどって来て、

「旦那。お内儀《かみ》さんが呼んでいなさいます」

「私をかえ？」

「はい。早く来て下さるようにと……」

「なんだろう」

与助が梅安に「ちょいと、ごめんを……」といい、離れを出て行った。

「何だか、妙なんです」

と、おもんが梅安にいった。

「どうした？」

「どこかの、見たこともないお百姓の爺《じい》さんが、結び文を持って来たんです」

「亭主にか？」

「あい。それを、お内儀さんが読んで、顔の色が、ちょっと変りました」

「ふうん……」

与助は、なかなか、もどって来なかった。

「そろそろ、寝ようか……」

梅安はおもんを見て片眼をつぶって見せてから、雪隠《せっちん》へ行った。

わたり廊下へ出ると、向うから与助が走って来た。

もう夜ふけだ。井筒の内は寝しずまっている。

「御亭主。どうしなすったね？」

「せ、先生……ちょいと、来て下さいまし」

与助の声が切迫している。

ただごとではない。

「どうした、いったい……」

「いいから先生。早く、たのみます」

梅安の袖をつかみ、与助が引張るようにした。

四

与助夫婦の居間の奥の小部屋に、女が横たわっていた。
五十五、六の老婦人である。
身につけているものは質素な旅仕度であったが、まぎれもなく、武家の婦人であった。

その衣服が、血まみれになっている。

老婦人は、意識をうしなっていた。

与助の女房が、その傍で、おろおろしていた。

「この、お人は、御亭主の知り合いなのかね？」

「はい」

うなずいた与助が、口をわなわなとふるわせ、

「き、斬られています」

と、いった。

梅安は、老婦人の傍へすわり、躰をあらためた。

おもいのほかに大柄な躰つきである。

髪は半ば白く、女にしてはふとい鼻すじで、唇《くち》は一文字に引きむすばれている。

傷は、肩先から背中にかけて五寸ほどの深手《ふかで》と、左頬《ひだりほほ》に浅い傷があった。

背中の傷は、着物でも引き裂いたらしい木綿《もめん》の布《ぬの》がぐるぐる巻きつけてあるだけだ。

「湯を早く……それに、酒を持って来てくれ、傷口を洗わねばならぬ。そしてな、だれか若い者を使いにやれ。北本所《きたほんじょ》・表町《おもてちょう》に堀本桃庵《ほりもととうあん》先生という外科医がいる。梅安からのたのみといって、すぐに来てもらいなさい」

梅安が、一気にいった。

〔井筒〕の内が、急に、騒然となった。

北本所・表町に住む堀本桃庵が駆けつけて来てくれたのは九ツ（午前零時）をまわっていたろう。

桃庵は六十がらみの医者だが、

「ふうむ……」

さすがの梅安が瞠目《どうもく》するほどの、みごとな手ぎわで老婦人の傷口を縫合《ほうごう》し、きびきびと処置をした。

うつ伏せとなった老婦人は、うめき声一つ発せず、大きな黒ぐろとした双眸《りょうめ》をしっかりとみはり、唇をむすんだまま、苦痛に堪《た》えた。

二度ほど、

「ごめいわくをおかけ申し……」

微かにいうのが、梅安の耳へもきこえた。

与助夫婦は、もう夢中の体《てい》で婦人につきそい、その手を両方からにぎりしめている。

傷の手当を終えた堀本桃庵を、梅安は離れへ案内した。

「堀本先生。御酒《ごしゅ》はいかがです?」

「結構だね」

「おもん。すぐに、たのむ」

「かしこまりました」

「ときに、堀本先生」

「はい、はい」

「傷のぐあいは如何《いかが》なものでしょう?」

「出血が、何しろ、ひどかったな」

「さようで」

「むずかしいのう」

「ははあ……」

「いったい、どうしたのじゃ？」

「私にも、まだ、わかりませぬので」

「斬られた、……これは、たしかなことだのう」

「さようで」

「斬ったのは、男ということになる。あの傷口は刀で斬ったものだ」

「はい」

「あの婦人の枕もとに、脇差《わきざし》が一振《ひとふり》、置いてあったのう。あれは婦人の持ちものかな？」

「そうだとおもいますが……」

「すると、あの老いた婦人が脇差を引きぬき、大の男を相手に闘って、斬られた……」

「ははあ……」

「いずれにしろ、めずらしいことじゃな。いや、だれにもいわぬ。安心するように、ここの亭主にいうておきなさい」

「はい」

　堀本桃庵は、すぐれた鍼医としての梅安のみを知っている。

　そこへ、おもんが酒を運んで来た。

酒をのんで、桃庵は別の部屋でねむり、朝になってから、老婦人の手当をすませ、

「昼すぎに、また来よう」

と、与助が用意した町駕籠《まちかご》に乗って帰って行った。

藤枝梅安は、それから湯に入り、離れの寝間の雨戸を閉ざしたまま、ねむりこんだ。

目ざめたとき、七ツ（午後四時）近くになっていた。

「ずいぶん、よく、おやすみでしたね」

と、おもんが、

「堀本先生が、いましがた、お帰りになったところですよ」

「そうか。それは失礼をしてしまった。ところで彦さんは、まだ、来ないかね？」

「はい、まだ……」

「婆さんのぐあいは、どうだえ？」

「すこし、落ちついたようで、先刻《さつき》は、ずいぶん長い間、旦那とはなしこんでいたようですけれど……」

「あのお人と御亭主とは、いったい、どんな関《かか》わり合いがあるのだ？」

「旦那にきいて下さいまし。あとで、此処《ここ》へ見えると、いってなさいました」

「よし。とにかく酒を……腹もぐうぐう鳴っている。何か、うまいものをたのむよ」

「はい、はい」

酒が出たとき、与助が入って来た。

青い顔をして、眼が血走っている。

「御亭主。堀本先生は何か、いっておいでだったか?」

「はい……」

「何と?」

「とても、保《も》つまいと……会わせる人がいるなら、早く知らせたがよいと、おっしゃいました」

「ふうん……」

「梅安先生、いったい、どうしたら、いいのでございましょう?」

「まだ、何も、はなしをきいていないが……」

「きいて下さいまし」

と、それから、与助のはなしが二刻《ふたとき》(四時間)に及んだ。

五

翌朝。

藤枝梅安は駕籠をよんでもらい、品川台町の我家へ帰った。

折しも、家の中の掃除をしていたおせき婆に、

「婆さん。上方へ行くのを、すこし延《の》ばしたよ」

と、梅安がいった。

「あれ、まあ……」

「だが、当分は帰れまい。留守をたのむ」

「昨日も、あの爺さんが……ええと、本郷の吉兵衛さんとかいう……」

「また来たのか。ま、放っておけ。それどころではなくなってきた」

着替えをした梅安は、鍼の治療道具を抱え、待たせておいた駕籠へ乗り、ふたたび、井筒へ取って返した。

井筒には、彦次郎が待っていた。

「帰んなさるというから、待っていましたよ」

「よく来てくれたね。実は、明日にでも上方へ行くつもりでいたのさ」

「へえ、そいつはまた、急な……」

「ところが、行くのは、もう少し先になりそうだよ」

「おれも一緒に行きてえものだ」

「ま、今度は江戸にいて、総楊子《ふさようじ》でも削っておいで」

「つまらねえなあ……」

「ところで彦さん。何処《どこ》へ行っていたのだ?」

「へ、へへ……」

めずらしや彦次郎、品川へ出かけ、土蔵相模《どぞうさがみ》で女郎を抱いて、流連《いつづけ》をしていたらしい。

「彦さん。お前さんにも、そういうところがあるのだねえ」

「冗談じゃあねえ。おれだって、これでも男の端《はし》くれだよ、梅安さん」

「なじみの女かえ?」

「うんにゃ、なじみは梅安さんだけさ」

酒がはこばれ、おもんが去ってから梅安が、

「なんとなく、春めいてきたね、彦さん」

「はなしを逸《そ》らせちゃあいけねえ」

「どうして?」

「お前さんが上方へ行くのを延ばした、そのわけがききてえね」

「ふ……相変らず、勘ばたらきのするどい人だ」

「じらさねえで下せえよ、梅安さん」

「だがね、彦さん。今度のは一文も出ないのだよ。私が、だれにもいわずに、買って出ることなのだからねえ」

「ほほう……おもしろそうだね」

身を乗り出した彦次郎が、

「ま、はなしだけでもいい。きかせておくんなさい」

「一昨日《おととい》の夜ふけに……怪我人《けがにん》が担《かつ》ぎこまれてね。ここの亭主の知り合いで、女だよ」

「ふうん……」

「五十五、六というところだ」

「なあんだ、婆さんか」

と、このごろの彦次郎は、去年、梅安と共に上方へ行く前の彼にくらべると、人がちがったかと思うほどに口が軽く、顔つきが明るくなるときがある。

「その、婆さんが、どうしたのだね？」

老婦人の名を、

〔松永《まつなが》たか〕

という。

「但馬《たじま》の出石《いずし》五万八千石、仙石越前守《せんごくえちぜんのかみ》様の家中《かちゅう》で、松永新五郎《しんごろう》という人の母御《ははご》だそうな」

と、梅安はいった。

松永たかは、深川の御船蔵《おふなぐら》前に屋敷がある五百石の旗本・中根《なかね》右京《うきょう》の三女に生まれ、のちに、仙石家に仕《つか》える松永新左衛門へ嫁《とつ》ぎ、新五郎を生んだ。

たかは、新五郎の前に、二人の女子を生み、これは二人とも早世している。

新左衛門亡きのち、新五郎が松永家をつぎ、引きつづいて江戸藩邸に奉公をしていたが、三年ほど前に、本国の但馬・出石へ転勤を命ぜられた。

そこで新五郎は、母のたか女と、新妻の幸《ゆき》をともない、出石へおもむいた。

幸は、常州・笠間《かさま》八万石、牧野越中守の江戸藩邸に奉公をする小泉長助の女《むすめ》であった。

「ふうむ。それで梅安さん。その婆さんが但馬から江戸まで、はるばると独《ひと》りでもどって来て、どうしたというのだ？」

「飛び出して来たのだ。家出をしたのだよ」

「へえっ……それじゃあ、嫁と仲違《なかたが》いでもしなすったか？」

「ふん……」

鼻で笑った、その梅安の笑いようが、異様であった。

彦次郎を、ばかにして笑ったのではない。

なんともいえぬ、複雑微妙な鼻笑いであった。

ちらりと彦次郎が見やると、銚子を取りあげた藤枝梅安の両眼に、青白い光りが凝《こ》っている。

彦次郎は、息をのんだ。

「あのお人はね、彦さん。小太刀をつかいなさるそうだ」

「……？」

「はるばる江戸へもどって来て、大の男と闘って、そうしてね、斬られたのだよ。肩口から背中へかけて、それはもう、ひどい傷だ」

「辻斬りにでも？」

「ばかな……仕掛けたのは、あのお人のほうからだ」

「その婆さんが仕掛けた、とね……」

「そうなのだよ。あのお人は、その大の男を斬って殪《たお》すつもりでいたのだ」

「お、おどろいたね、こいつは……」

「ま、ゆっくりはなそう。このはなしをきいたら彦さん。今夜はお前さん、ねむれなくなるよ」

うめくがごとく梅安が、

「ひどいはなしさ」

と、いった。

その夜、彦次郎は、井筒の離れに泊り、遅くまで梅安と語り合っていたようだが、朝早く何処《どこ》かへ出て行った。

昼前に、亭主の与助が、離れへあらわれた。

与助は、げっそり窶《やつ》れていた。

「梅安先生。考えて下さいましたか、あのお方のことを……」

「うむ、考えた」

「えっ……では、いったい、どうしたら？」

「このままにしておくことだ。万に一つ、助かるやも知れぬ。堀本先生も、そうおっしゃったそうではないか」

「ですが、あのお方の御実家《おさと》のほうへ、これはぜひともお知らせしないことには、私ども夫婦の気がすみません」

「あのお人は、そうしてもらっては困る、というのだろう？」

「はい。ですが先生……」

「あのお人のいうとおりに、してさしあげるがいい」

松永たかの実家では、父・中根右京は、すでに病歿《びょうぼつ》しており、たか女の兄が中根家の当主となっているそうだ。

「実の兄さまでございますよ、先生」

「だがなあ、御亭主。われわれとちがい、武家の間では、いろいろとむずかしいことがあるのさ。めんどうなことよ。つまり、体面《たいめん》という妙なやつが何事にも邪魔をする。なればこそ、あのお人も家出をなすった。ただ独りきりとなって、おもうところへ進まれようとなすった。だから御亭主も、あのお人の胸の内をよくよく汲《く》んであげることだ」

与助は、こたえぬ。

うつ向いた与助の老眼が、泪《なみだ》にぬれつくしていた。

六

その日の午後。堀本桃庵の手当が終ってのちに、藤枝梅安は、松永たか女が臥《ふ》している小部屋へ入って行った。

あれ以来、井筒は休業をつづけている。

四人の座敷女中のうち、おもんのみを残し、あとは店が商売をはじめるまで、それぞれに、おもうところへ行ってしまったし、料理人も同様であった。

おもんのほかには、若い者が一人、残っているきりだ。

たか女に附きそっていた与助夫婦を、梅安は目顔《めがお》で、

(ちょっと、外《はず》していてくれ)

と、いった。

夫婦は、不安げにうなずき、小部屋を出て行った。

松永たかの顔は、鉛色《なまりいろ》に変じ、小鼻《こばな》の肉が削《けず》り取ったごとく落ちくぼんでいた。

烈《はげ》しい絶望と無念にさいなまれつつ、それを越えて幽冥《ゆうめい》の世界へ向おうとする諦観《ていかん》とが、痩《や》せおとろえたたか女の面に綯《な》い交《ま》ざって浮き出ていた。

先刻、井筒から去るとき、堀本桃庵は、

「梅安どの。あと五日ほどか……」

ささやいたものである。

梅安を見て、たか女が、わずかにうなずき、

「いろいろと、ごめんどうを……」

低いが、しっかりとした声でいった。

うなずき返して、梅安が、

「私のことを、ここの御亭主から、おききとりになりましたな」

「はい。藤枝先生は鍼の術を……」

「さよう。このたびは、私の術も御役に立ちませぬ。何しろ外科のほうには、この鍼も……」

「いえ……」

かぶりを振って、たか女が、

「鍼は、人の躰の生気《せいき》をよび起すものだ、と、きいております。この、いまの私のように、生気の絶え切った者には、もはや……」

と、いった。

梅安は、鍼術の本質を、このようにわきまえているたか女に、いささか目をみはる思いが

した。

「出血が、ひどうございました」

ぽつんと、たか女がいう。

「路上にて死ぬるは、たやすいことでございましたが……もしや、ふたたび生を得ることができれば、仕残したことを、仕とげて死にたくおもい、実家の父の知り合いの、この家《や》のあるじをたのみ、引き取っていただきましたが……もはや、いのち長らえるのぞみは絶えました。この家のあるじどのにも、みなさまがたにも、まことに、ごめいわくを……」

いいさして絶句したたか女の両眼から、ふつふつと熱いものがふきあがってくるのを、梅安は凝《じっ》と見まもった。

そして、身を屈《かが》め、

「ここの亭主から、お身の上のことをきかせてもらいました」

といった。

たか女が、愕然《がくぜん》と梅安を見た。

「いや、御心配なく。あなたさまがだれにも迷惑をかけたくないとおもうておいでのことは、藤枝梅安、よくよくわきまえております。その上で、申しあげるのですが……」

いいさして、梅安が、たか女の耳へ口を寄せ、何やらささやいたものである。

「あ……」

たか女の、ひからびた唇が開いた。

「もし……」

と、梅安がたか女の右手をつかみ、にぎりしめ、また、ささやいた。

そのうちに、厚く暖《あたた》かく大きい、梅安の両掌《りょうて》につつみこまれた松永たかの右掌へちからがこもり、梅安を穴のあくほどに見つめていた、この老女の両眼がしずかに閉じられた。

もう一度、梅安がささやき、掛蒲団《かけぶとん》の中へたか女の手を入れてやってから、

「では……」

一礼して、しずかに小部屋を出て行き、居間で息をころしていた与助夫婦へ、

「すんだよ」

にっこりと、笑った。

与助夫婦は顔を見合わせた。

何が「すんだよ」なのか、さっぱりとわからぬ。

夕暮れどきに、彦次郎が〔井筒〕へやって来た。

「どうですね、ぐあいは?」

梅安は、くびを振った。

「やっぱり、いけねえか……」

「だから、急ぎたいね」

「そうだね、梅安さん」

「そちらのほうは、どうだえ？」

「今夜、もう一度、さぐりを入れて見てえのだ」

「いることは、たしかなのだね？」

「いるらしい。実に、ふてえ野郎だ」

「そいつの面《つら》を見ておいてもらわぬと困る」

「やってみますよ」

「あのお人に、面をあらためさせることができればよいのだが……もう、とても連れ出せない」

「もっともだ」

「相手も、気をくばっているにちがいない。傷ついたあのお人が此処に隠れていなさることを知ったら、何をこそするか知れたものではない」

「わかっているよ」

急に、藤枝梅安の両眼へ、見る見る殺気《さっき》がふきあがってきて、

「あぶない橋を、わたってもいいのだ。私も、ここらあたりであの世へ行ってしまうがいいかも知れぬ」

と、いった。

「おれも、さ……」

と、彦次郎。

二人の眼と眼が合った。

彦次郎の眼は、暗く重い翳《かげ》りによどみ、梅安も沈鬱《ちんうつ》に押しだまった。

彦次郎が帰って間もなく、おもんが酒の仕度をして離れへあらわれ、

「まあ、灯《あか》りも入れなくて……」

あわてて、行燈《あんどん》へ近寄る、その手を梅安がぐいと引いた。

「あれ……ど、どうなすったんです、先生……」

「いいから、だまって……」

部屋の中に夕闇が濃かった。

その部屋の隅へ、くろぐろと横たわっていた梅安が飛びかかるように、おもんを押し倒した。

「あれ、先生……」

むしろ、狂暴といってもよい梅安の挑《いど》み方に、おもんは度《ど》をうしなった。

いつもとはちがい、ごく短かい間のことだったが、梅安の躰からはなれ、わたり廊下へ出て身づくろいをしながらも、

(ああ……私、どうかしてしまったのじゃあないか……)

廊下を踏んでいる自分の足が、自分のものともおもえず、激しい動悸《どうき》が眩暈《めまい》さえともなって、

（こ、こんなこと、はじめてなんだ、あたし……）

おもんは、立っていられなくなり、たもとに顔をおおい、そこへ蹲《うずくま》ってしまったのである。

しばらくして、酒を運び直し、離れへあらわれたおもんへ、梅安が眼を伏せたままで、こういった。

「ごめんよ、おもん。急に……急にね、私は近いうちに死ぬような気がしたのだ。そうおもっているとき、お前が入って来た。だから……ああしたときには、だから、あんなことをしてしまうのだよ、私というやつは……」

眼の色はわからなかったが、梅安の口元は笑っていた。

七

浅草橋場の〔井筒〕からも程近く、今戸橋の南詰にある聖天宮《しょうでんぐう》は小高い真土山《まつちやま》の頂きに本社があり、真土山聖天とも待乳山《まっち》聖天ともよばれている。

「このところ、いまは形ばかりの丘陵《おか》なれど、東の方《かた》を眺望《ちょうぼう》すれば、隅田川の流れは長堤《ちょうてい》に

傍《そう》て溶々《ようよう》たり。近くは葛飾《かつしか》の村落、遠くは国府台《こうのだい》の翠巒《すいらん》まで、ともに一望に入る。風色《ふうしょく》もっとも幽趣《ゆうしゅ》あり」

などと、ものの本に記されているように、浅草寺周辺の賑《にぎ》わいを間近にひかえていながら、風雅な景観と大川を利した船便とが相俟《あいま》って、江戸の人びとの生活は、大川の両岸と切っても切れぬ。

この真土山から大川沿いにさかのぼった橋場のあたりまで、川岸には料亭や寮（別荘）が点在している。

真土山聖天東側の道を、まっすぐ大川の河岸へ出た左に、松の木立に囲まれた大きな寮があった。

持主は、但馬・出石の藩主、仙石越前守の江戸家老・服部一学《はっとりいちがく》だそうな。

もっとも、近辺の人びとは、あまりくわしいことは知らぬ。

これまでは、寮番の小者が二人ほどいるだけであったが、時折、舟で侍たちがやって来て、宴をひらくこともあるらしい。

寮の両側は竹河岸になってい、竹の束《たば》が天を突きあげているかのようだ。

ところで……。

この服部一学の寮へ、三月《みつき》ほど前から滞留している若い侍が一人いる。

「このごろ竹河岸の寮に、大きな躰つきのお侍が住んでいなさる」

「おれは三度見た。日暮れどきになると、ひとりで寮を出て、遊びに行きなさるらしい」

「見るからに強そうなお侍だのう。わしは一度見た」

「どこへ、ね？」

「きまっていらあな」

吉原《よしわら》の遊里は、山谷《さんや》堀《ぼり》に沿って西へ行けば、すぐに手がとどく。

頭巾《ずきん》をかぶり、羽織・袴《はかま》をつけた侍の姿は、いかにも堂々としており、

「おっかねえ侍だよ」

と、聖天宮・門前で今戸《いまど》焼《やき》の茶わんなどを売っている老爺が、

「此間《このあいだ》、日暮れどきにな、今戸橋の上でな、向うからやって来た豆腐売りの荷が、着物を掠《かす》ったとか何とかで、えらく怒り出し、可哀相《かわいそう》に、豆腐売りの爺さんが山谷堀へ投げこまれたそうだ」

と、語っていたことがある。

松永たかを斬ったのは、実に、この侍であった。

名を、本間《ほんま》左近《さこん》といい、当年二十七歳である。

尊大《そんだい》な、見るからに猛々《たけだけ》しい鉤鼻《かぎばな》のもちぬしで、左眼は大きく、右眼はその半分ほどに見える。これほど両眼の大きさが異《こと》なる者もすくなかろう。顔色はいつも青く沈みきっているくせに、うすい唇がぬれぬれと紅《あか》い。

異相《いそう》といってよい。

本間左近は、半年前まで、但馬・出石に屋敷を構える仙石家の家臣であった。禄高《ろくだか》は三百石ほどだが、それにしては屋敷構えが立派すぎた。

はっきりと公表されてはいないが、なんでも左近の祖父は、当時の殿さまの隠し子だったといううわさもある。

また、そのうわさを裏づけるように、仙石家に於《お》ける左近の待遇が破格であった。禄高は三百石だが屋敷構えといい、贅沢《ぜいたく》な暮しぶりといい、家老や家臣たちが何事につけても、左近には一目《いちもく》置き、

「あたらず、さわらず」

の、あつかいをしていた。

豆腐売りを川へ投げこむなど、そうしたことは出石城下に左近がいたとき、日常茶飯事のことであって、しかも何の咎《とが》めもうけぬ。

家臣たちの間で、本間左近に話題がおよぶことは〔鬼門《きもん》〕とされている。

その本間左近が、出石の城下を出て、江戸へ移り、家老の持ち家に一人暮しているというのは、多くの人びとの前で殺人を犯したからだ。これには、さすがに重臣たちも放って置けず、ひとまず、江戸へ移し、事態がしずまるのを待っているにちがいない。

で、だれを殺したかというと、松永たかの息子の新五郎の妻・幸を斬殺したのである。

そのとき、本間左近は騎乗で、城下町を自邸へもどりつつあった。

その馬前を町家の子供が横切ったというので、左近は、これを馬足《ばそく》に蹴倒そうとした。

折しも通り合わせた幸が、

「あぶない‼」

とっさに、六歳の男の子を抱きあげて助けた。

「おのれ、女。よけいなことを‼」

と、左近は激昂《げっこう》し、

「おのれ、松永新五郎の妻だな」

わめき、ののしった。

二十二歳の幸は、そのとき毅然《きぜん》たるものだったそうな。

白昼の町すじである。町家の多くの人びとが、これを目撃していた。

馬上の本間左近を見あげて、

「御家中《ごかちゆう》のお方の、なさることとはおもわれませぬ。城下の小児をみだりに馬足にかけたりいたしましては、殿様の御政道が相立ちますまい」

きっぱりと、たしなめた。

息子の嫁としては、しっかりと気も強く、まだ子も生まれぬ故もあってか、

「当初のうちは、あまり、気に入った嫁とは申せませなんだ」

と、たか女が井筒の与助にもらしたという。

だが、このときの幸の態度は正当のものである。武家の女として当然のことを、勇気をもっておこなったまでである。

「おのれ!!」

女にたしなめられ、逆上した左近が、いきなり馬から飛び下り、抜き打ちに幸を斬った。

くびすじを深々と斬り割られ、幸は即死した。

仙石家の老臣・重役たちは、この事件を、もみ消そうとした。

ところが、町民から奉行所へ訴え出た。

城下の町びとの同情は、あげて幸ひとりにあつまっている。

こうなっては、もみ消すことができぬ。

仙石家では、本間左近に三人の供をつけて、大坂の蔵屋敷へ身柄を移した。

ここにいたって、たか女が、

「男なれば為《な》すことがありましょう。母が身のことはかまわぬ。さ、本間左近を追って討ち果し、幸が怨《うら》みをはらし、道理をつらぬくがよい」

と、松永新五郎にいった。

新五郎は、蒼白となりながらも、うなずかなかった。

仙石家の家老・土岐東市郎《ときとういちろう》が、ひそかに新五郎をよびつけ、

「おとなしゅうしたがよい。いまここで、松永の家を失《うし》のうてはなるまい」

と、いった。

仙石家が、本間左近を罰するどころか庇《かば》いたてて、松永新五郎を泣き寝入りに沈黙せしめようとはかったことは、あきらかであった。

そして、新五郎は、彼らのいうままに、沈黙してしまった。

もっとも、剣をとって左近に立ち向うことへの恐怖のほうが、新五郎には強烈だったのやも知れぬ。

松永たかは、この息子に絶望すると同時に、

(かなわぬまでも、嫁の道理をたてつらぬいてやりたい)

と、おもいきわめ、新五郎と母子の縁を切って但馬・出石を脱け出した。

大坂から江戸へ移った本間左近が、浅草・山之宿《やまのしゅく》の寮へかくまわれたのも、藩庁の指示があったからで、このことを松永たかは、仙石家の江戸下屋敷《しもやしき》(渋谷)にいる知人の口から、さぐり出した。

そして、あの日の夕暮れに、山谷堀をさかのぼった日本堤《にほんづつみ》下の畑道を通りかかった本間左近へ、たか女は名乗りをかけ、斬ってかかったのである。

深手を負《お》って倒れ伏したたか女を放り捨てて左近が立ち去ったのは、

(仕とめた)

と、おもったからでもあるし、折から、刃《やいば》の打ち合う音をきき、堤の上を通る人びとが、さわぎ出したからでもあろう。

たか女も必死で、姿を隠し、道林寺裏の百姓家へころげこみ、金をわたして、親切そうな百姓の老爺に、井筒の亭主へあてた結び文を托《たく》したのであった。

〔井筒〕の与助は、若いころ、深川八幡裏門前《うらもんぜん》の料亭〔石橋万《いしばしよろず》〕で庖丁《ほうちょう》の修業をしていて、そこで、たか女の実父・中根右京に可愛いがられ、与助が今の場所へ店をひらいたときには、右京が大層に肩入れをしてくれたとか……。

「さようで……中根右京さまが、お亡くなりになる前に、二度ほど、実家《さと》へお見えになったおたかさまと御一緒に、此処《ここ》で御飯をおあがりになって下さいました。はい、もう七年ほど前になりましょうか……」

と、与助は梅安に語ったものである。

いま、中根の実家は、たか女の兄が当主となっている。

あくまでも其処《そこ》へ駆け込まぬのは、たか女が、松永家の女として生き、死ぬという当時の女性の本分をわきまえているからであった。

八

松永たかが、井筒へ運びこまれてから十日目の夕暮れに、本間左近は寮を出て、山谷堀にかかった今戸橋の南詰から堀川に沿った道を西へ、ゆっくりと歩んで行く。

ここ数日、あたたかい日和《ひより》がつづいて、

「まるで気ちがい陽気だ。このぶんだと桜《はな》も早いぜ」

などと人びとがいっていたのに、今日は朝から底冷えが強《きつ》かった。

山谷堀の南岸にたちならぶ船宿の前を通りぬけた左近は、日本堤へかかると、堤下の草道へ下って行った。

この時刻に、馬道《うまみち》の通りから堤へかかる人びとは、いずれも吉原の遊里を目ざしているといってよい。

日中よりも人通りがはげしいのである。

本間左近は頭巾につつまれた顔を傲然《ごうぜん》とあげ、堀川に沿って道を歩んでいる。

左近は、獲物をねらっている。

松永たかに名乗りかけられ、ちょっとおどろきはしたが、斬り伏せたと、おもいこんでいて、それからは無性《むしょう》に、

（斬りたくなってきた……）

のである。あれから二人ほど斬った。辻斬りであった。いずれも堤下の道を三ノ輪《みわ》の方へ出たあたりで、百姓の女房をひとり、町人をひとり斬った。

（国もとの年寄どもは、いつまで、おれを放っておくのか……）

おもしろくない。

出石を出たときは供をつけてくれたが、大坂から江戸へ移る道中で、供の男が三人とも逃げ出してしまった。勢州《せいしゅう》・桑名の旅籠《はたご》へ泊った翌朝、左近が目ざめたとき、三人とも姿が消えていた。

これは、何を意味しているのか……。

江戸へ来て、憤然《ふんぜん》と、芝の藩邸へあらわれると、江戸家老の服部一学が、

「先ず、山之宿の寮へ……」

といい、移されたのはよいが、あとは、いわゆる「梨《なし》の礫《つぶて》」というやつで、放置されたかたちだ。小者が身まわりの世話をしてくれて不自由はないし、江戸藩邸から「当座の入費《ついえ》」にというので、五十両もの金がとどけられたので、遊ぶには事を欠かぬ。江戸は、はじめての左近だけに、何事にも物めずらしいし、退屈はせぬが、あまりにも自由にさせてくれるのがふしぎでもあり、また不満でもあった。

但馬に残して来た妻は、家老の仙石内蔵允《くらのじょう》邸に引き取られている。

（いつまで、おれを放っておくのだ。おれをだれだとおもうているのか、重臣《としより》どもは……殿も殿ではないか。この本間左近が御自分の何にあたるか、それを御存知ならば、江戸屋敷に、しかるべき役職と御長屋をあたえて下さるべきではないか……）

であった。

夕闇《ゆうやみ》が濃度を増しつつある山谷堀の対岸の寺院の土塀から、ほころびた梅の花が白く浮きあがって見えた。

大川から山谷堀へ入って来た小舟が一つ。

岸の道を歩む本間左近と平行して、堀川をすべっていた。

（それにしても、あの、松永新五郎の母親め、ようも出て来たものよ）

おもわず、舌打ちが出た。

松永たかの脇差に衣服の胸もとを切り裂かれたことをおもい起し、

（ぶ、ぶれいな……おれを何と心得ているのだ）

怒りが、こみあげてきた。

と、このとき……。

はらはらと、白いものが、灰色に暮れかかる空から舞い落ちてきた。

（雪か……これは、いかぬ）

ちょっと立ちどまって空を仰いでいた本間左近が、寮へもどろうとおもったのか、踵《きびす》を返したとき、向うから大男の僧がゆったりとした足どりで、こちらへやって来るのが見えた。

(坊主か。おもしろい……)

斬る気になった左近が、あたりに目をくばって見て、舌打ちをした。

すぐ其処《そこ》の川辺《かわべり》に、いつの間にか小舟が浮いていて、頰かぶりをした船頭が煙管《きせる》をくわえていた。

(邪魔なやつめ……)

夕闇が、いよいよ暗い。

降る雪が、急に、繁《しげ》くなってきはじめた。

もう一度、舌打ちを洩《も》らし、本間左近が大刀の鯉口《こいぐち》に当てた左手をはなし、歩みかけようとした、そのときであった。

小舟の船頭が、いきなり、

「お武家さま」

大声に、呼びかけてきたのである。

はっと見た。

船頭が口にくわえていた煙管が、いつの間にか、一尺ほどの竹筒のようなものに変っている。

その竹筒が、ぴゅっと鳴り、中から疾《はし》り出て来たものが本間左近の左眼へ突き刺さった。

「あっ……」

吹矢と知って、よろめきながら、

「おのれ!!」

大刀をぬきはらったとき、前方から近寄って来ていた大男の僧侶《そうりょ》が猛然と走り寄った。

「な、何者……」

左近は、生まれてはじめて動顚《どうてん》した。

二つ目の吹矢が左近の頰を掠めた。

「あ、あっ……」

大男の坊主が凄《すさ》まじい勢いで突進して来た。

左近の大刀が、はね飛ばされた。

左近は、坊主に股間を蹴りあげられ、前へのめった。

その、のめった左近の盆の窪の急所へ、坊主の……いや、藤枝梅安の仕掛針がめり込むように打ちこまれた。

梅安は、左近の腰から、印籠《いんろう》を抜き取り、これをふところへ仕まいこみつつ、あっという間に小舟へ飛び移った。

小舟の船頭……いや、彦次郎が竿《さお》を岸辺へ突き立て、一気に堀川へすべり出た。

ふりしきる雪と、夕闇が、堤下の道に、うつ伏せとなって倒れたまま即死している本間左近の姿をたちまちおおい隠してしまった。

夜になって、井筒へ駕籠でもどって来た藤枝梅安は、いつもの黄八丈《きはちじょう》の着物に黒の紋つき羽織、白足袋。坊主あたまへ御納戸《おなんど》色《いろ》の焙烙頭巾《ほうろくずきん》をかぶっていた。

すぐに、梅安は奥の小部屋へ入り、与助夫婦を去らせてから、松永たか女の耳もとへ何かささやき、ふところから取り出した本間左近の印籠を見せた。

仙石越前守の家紋《かもん》・五三桐《ごさんのきり》がついた立派な印籠であった。

たか女は、この印籠をつかみしめ、むしろ茫然《ぼうぜん》としていたようだが、そのうちに、衝《つ》きあがってくる烈しい感動に堪《た》えかね、半身を起して、印籠を手ばなした両手に恐ろしいほどのちからをこめ、梅安の腕をつかんだ。

また、梅安が何かささやき、たか女の半白《はんぱく》の髪をしずかに撫《な》でてやりながら、骨と皮ばかりになった老女の体を臥床《ふしど》へ横たえてやった。

松永たかは、翌朝の五ツ（午前八時）ごろに、息を引きとった。

おだやかに、しずかに、たか女は梅安に向けた感謝の眼《まなこ》を閉じていったのである。

その日の午後に、藤枝梅安は彦次郎をつれて、品川台町の我家へ帰って来た。

雪が、また降りつづいている。

春の雪で、あまり積もってはいないが、その雪の中を、札掛の吉兵衛が駕籠を飛ばしてやって来た。

「梅安さん。おれは酒の肴《さかな》を仕込んで来るよ」

気をきかせて、彦次郎が裏口から外へ出て行った。

梅安の居間へ入って来た札掛の吉兵衛は、めずらしく感動を露骨にしていた。

「いや、どうも、おどろきましたよ梅安先生。あそこまで、あなたが睨《にら》んでいようとはおもいませんことで……へい、へい。まことに、申しようもございません。よく仕掛けておくんなすった。よくまた、仕掛けの相手がおわかりになりましたねえ。私は一言《ひとこと》も申しあげなかったはずだが……」

一気にまくしたてて、吉兵衛は、袱紗の上へ、何と小判で百五十両の大金を乗せ、

「何もいわずに、受けて下さいまし。いやもう、ありがとうございました。もう、御存知だとはおもうが、あの本間左近というのは、何やら事情《わけ》あって、仙石様のもてあまし者でね。私も、仙石様の……いえ、この仕掛けをたのんだお方の名前は申しあげられませんが、いろいろとその、義理もございましてね。どうしても、この仕掛けだけはやってのけたかったので……それにしても梅安先生。よくまあ、突きとめなさいましたねえ。おそらく、私のすること為《な》すこと、先生には筒ぬけだったのではないかな……おお恐《こ》わ。それにしても、さすがは先生。しゃれたことをしなさる。だまって仕掛けておいて、いきなり私をおどろかせ、よ

ろこばせようという……いやもう今度ばかりは、まったく、まいりましてございますよ」

両手をついて吉兵衛が、

「この通りだ、先生。肩の荷が、いっぺんに下りました」

人が変ったように浮き浮きといい、

「駕籠を待たせてありますのでね、いずれ、あらためて……」

と、帰って行った。

藤枝梅安は、ほとんど口をきかず、ふとい鼻すじを左手の小指で撫でているのみであった。

やがて、彦次郎が帰って来た。

「貝柱《かいばしら》のいいのがあったよ、梅安さん。それに豆腐と、子もちの鯊《はぜ》を買ってきた」

「それで、充分だよ」

「どうしなすった。にやにやと、妙な笑いをしなさるじゃあねえか」

「うふ、ふふ……こんなことは、私も、はじめてだよ」

「札掛の元締が、そんなに妙な仕掛けをたのみに来なすったのかえ?」

「そうとも、そうともさ、彦さん。まあ、きいておくれ」

それからしばらくして、二人は膳をかこみ、酒を酌《く》みかわしていた。

さっと煮つけた子もち鯊に、湯豆腐である。

貝柱は後で、焚《た》きたての飯へ山葵醤油《わさびじょうゆ》と共にまぶしこみ、焼海苔をふりかけて、たっぷりと食べるつもりであった。

「それにしても、あのお人を、何処《どこ》へ葬《ほうむ》るつもりなんだね、梅安さん」

「井筒の亭主は、決して、但馬のせがれに、骨はわたさぬといっている。だからさ、札掛の元締が持ってきた金で、墓をたてようじゃないか、どうだ？」

「そうしよう、そうしよう」

「それにしても……」

と、梅安が豆腐へさしのばした箸を置き、じろりと天井をにらんで、

「私は、もう一人、殺《や》っつけたい男がいるのだよ」

「おれもさ」

「ふうん、彦さんも、か……」

「そうとも」

「但馬の出石は遠い国だが……」

「行けたら行きてえね。行って、あの意気地なしのせがれ野郎の息の根をとめてやりてえ」

「私もさ。だが、それを、あのお人はよろこぶだろうか……そこのところを、考えて見なくてはなるまいよ」

「ふうむ……ところで梅安さん。上方へは行くのかね？」

「妙に、がっかりしてしまった。行く気が失《う》せたね」

「そいつは何よりだ」

「彦さん……」

「え……？」

「雪が、熄《や》んだようだよ」

梅安蟻地獄

一

「お前、またすこし、肥《ふと》ったようだね……」

と、藤枝梅安がいった。

梅安の右手が、寄りそって横たわっているおもんの腰のあたりから、まだ、うす汗にしめっている左の乳房のふくらみへ移ってきて、

「たしかに、肥った……」

また、いった。

「そうなんです。見っともなくって……先生、こんなに肥ってしまって、もう、お嫌《いや》でござんしょう？」

と、おもん。

浅草・橋場の料亭〔井筒〕の、いつも梅安がつかっている離れの一間であった。

いつの間にか、夕闇《ゆうやみ》が夜の闇に変っている。

桜《はな》が散ったあとの、気怠《けだる》くて生《なま》あたたかい夜の闇の底に、おもんの量感にみちた裸身が、まだ、軽い喘《あえ》ぎを残していた。

たくましい半裸の躰《からだ》をのばし、梅安は、枕元の盆の上の水差しの水を口へふくみ、

「む……」

おもんへ、口うつしにのませてやった。

ごくりと、おもんの喉《のど》が鳴ったのを、梅安が、

「よし、よし」

と、いう。

「何が、よしよし、なんです?」

「お前の、水をのんだときの、喉の鳴りぐあいが、とてもよい。このごろのお前は、ほんとうに丈夫になったねえ」

「どうして、そんなことが……?」

「私は天下一の鍼《はり》医者だからね。ふ、ふふ……」

「われながら、嫌になってしまうんです、先生。あんまり、よく食べるものだから……」

「よく食べぬ女なぞ、私は嫌いだね」

このごろの〔井筒〕では、藤枝梅安と座敷女中・おもんの関係は、もはや、

「だれ知らぬものはない……」

と、いってよい。

「おもん。ちょいと、彦さんの家《うち》へ行って来るよ。夜ふけには帰って来るから、そのつもりでいておくれ」

と、いいおいて、梅安が〔井筒〕を出たのは、それから間もなくのことだ。

まだ、春の足音が微《かす》かにきこえはじめた、あの雪の日に、但馬出石《たじまいずし》五万八千石・仙石《せんごく》越前守の家臣・本間左近を暗殺して以来、藤枝梅安も彦次郎も、のんびりと隠れ簑《みの》の仕事をしながら、日を送って来た。

もっとも〔楊子《ようじ》つくり〕を表向きの職にしている彦次郎とはちがい、梅安は本格の鍼医者であるから、品川台町の住居を中心にしての患者の治療にいそがしく、浅草へ出て来たのも、あのとき以来であった。

おもんが、激しく燃えあがったのも当然といえよう。

(彦さんは、家《うち》にいるかな?)

たがいに仕掛人《しかけにん》としての神経をつかわぬとき、のむ酒はうまい。

もし、彦次郎がいたら、井筒へ引っ張って来て、

(明け方まで、のみ明《あか》そう……)

そのつもりの、梅安なのだ。

彦次郎の小さな家は、浅草の外《はず》れの塩入土手にある。

〔井筒〕の提灯《ちょうちん》を借り受けた梅安は、大川へながれこんでいる思川《おもいがわ》の岸辺の道を、総泉寺《そうせんじ》の方へ歩み出した。

行手は真暗闇《まっくらやみ》であった。

月もない、どんよりと曇った夜である。

〔井筒〕の門を出て、どれくらい歩いたろう。

突然……。

藤枝梅安が振り向いたかと見る間に、提灯の火を吹き消し、ぱっと三間《さんげん》ほども飛び退《すさ》って、

「だれだ?」

重く、低い声を、いま自分が歩んで来た彼方の闇へ投げた。

梅安の後をつけて来た者が、にわかに追いせまるのを感じたからである。

闇の中に、きらりと光るものが見えた。

刃《やいば》が光ったのだ。

「どなたか?」

こたえはない。

しかし、じりじりと殺気がせまって来た。

闇が、こちらへ、

（ふくれあがって来る……）

感じなのである。

またしても梅安が飛び退って、

「私を、品川台町の鍼医者・藤枝梅安と知ってのことか?」

切りつけるようにいった。

と……。

相手の殺気がゆるんだ。

よくは見えぬが、覆面《ふくめん》の侍らしい。

そのまま、梅安も相手もうごかなかった。

ややあって、

「ちがうらしい。おれの間ちがいらしいな」

笑いをふくんだ声がきこえた。

「お前さん、どなただね?」

「こたえようがないな」

と、相手がこたえた。

そして、相手の気配が消えた。

身を沈めたまま、藤枝梅安は、しばらく凝《じっ》としていたが、やがて身を起すと、しずかに、ゆっくりと〔井筒〕へもどって行った。

「あれ、お早かったんですね、先生……」

折しも、門の内へ出ていたおもんが、そういうのへ、

「おい、おもん。この井筒に、たとえば……たとえば私のように頭をまるめていて、私のような躰つきの客が来ているのかえ？」

梅安が尋《き》いた。

「あれ……」

「どうした？」

「いま、どこかのお侍さんが、同じようなことをたずねて……」

「ここへ来た……？」

「あい」

「ふうむ……」

「どうなすったんです、先生……」

「いや、それで、そんな男の客が、いるのか、どうだ？」

「ええ、そういわれれば、来ていなさいますと、いまも、そのお侍さんに申しあげたとこな

んです」

二

梅安の姿かたちに似ていて、坊主頭をしている客というのは、今日の夕方に、はじめて見えた客で、

「わしは、ここで、本所の伊豆屋長兵衛《いずやちょうべえ》どのと待ち合わせることになっている者じゃ」

と、いったそうな。

伊豆屋は、本所・竪川《たてかわ》通り花町《はなまち》に大きな店舗をもつ蠟燭《ろうそく》問屋で、あるじの長兵衛は〔井筒〕で出す料理が大の気に入りだという。

「そんなに、私に似ているのか？」

「ええ……でも、お頭《つむり》と、それからあの、大きな躰をしているというだけで……」

年齢も、顔つきも、まるでちがうという。

その客は、まだ〔井筒〕にいて、ひとりで酒を飲んでいる。約束をした伊豆屋がいつまでたってもあらわれぬので、すこし前に〔井筒〕の若い者が客にたのまれ、客の結び文を持ち、本所の伊豆屋へ駆けて行ったらしい。

「どこの座敷だ？」

「離れの、こっち側の……」

「あの、しずかな小座敷だな？」

「あい」

「よし。このことはだれにもいってはいけない。もう外へは出ないから、私のところへも酒を持って来ておくれ」

おもんにいいつけてから、梅安は離れへもどった。

今夜は、六つほどある座敷に、みんな客が入っているそうだが、井筒へ来る客で騒々《そうぞう》しいのは、あまりなかった。

おもんも、いそがしいらしいので、酒を運んで来ると「すみません、先生」と、すぐに去った。

それから梅安は庭へ出た。裏手の竹藪《たけやぶ》が夜風に鳴っている。

植込みの蔭から、障子を開け放してある件《くだん》の小座敷の中を、梅安はうかがった。

なるほど、いた。

立派な風采《ふうさい》で、五十がらみの、どう見てもこれは医者であった。町医者ならば、よほどに繁昌《はんじょう》をしていると見てよい。ぜいたくな衣服にゆったりと身を包み、酒をのんでてかてかと光った顔の血色がすこぶるよい。

その横顔を見て、

(私よりも、いい男だ)

梅安は苦笑をうかべ、自分の大きく張り出した、ひろい額《ひたい》をぴしゃり、ぴしゃりとたたいたものだ。

それから梅安は離れにもどり、冷えた酒をのみ、敷きのべてあった夜具の中へ入り、ねむってしまった。

ふと、目ざめると、女の髪油のにおいがした。寝衣《ねまき》姿のおもんが、いつの間にか寝床へ入って来ていたのだ。

(私も、どうかしている。ここへ来ると気がゆるむのかな。おもんが入って来たのを、すこしも気づかなかった。……おもんが女の仕掛人なら、私は、もう、あの世へ行っているところだ)

なんとなく、嫌な気がして、甘えかかるおもんを抱く気もちになれなくなった。

「おい、おもん」

「あい……」

「あれから、どうした？」

「え……ああ、先生に躰つきが、よく似た……？」

「うむ」

「それが、先生……」

と、おもんが語るには、あれから、しばらくして蠟燭《ろうそく》問屋の伊豆屋長兵衛が、屈強《くっきょう》の下男二人を供につれ、町駕籠《まちかご》で〔井筒〕へ駆けつけて来たという。

おもんが、待っていた坊主頭の客の座敷へ、伊豆屋長兵衛を案内した。

すると、座敷へ入りかけて長兵衛が、

「宗伯《そうはく》先生。私は今夜、先生を此処《ここ》へ、おまねきしてはおりませぬが……」

と、いう声が、はっきり、おもんの耳へ入ったそうである。

その後は、わからない。

長兵衛が、

「よぶまでは、だれも来ないでおくれ」

と、おもんへいったからだ。

「ふうむ……」

「それから四半刻《しはんとき》ほども、はなし合っておいでになりましたが、お酒も出さぬうちに、お二人とも駕籠をよんで、お帰りになりました」

と、おもんはいった。

翌日の昼前に……。

〔井筒〕からの使いをうけた彦次郎が、離れへ顔を見せた。

「昨日、来ていなすったのだってね、梅安さん」

「今日は暇《ひま》かえ、彦さん」

「ああ、暇だとも」

「それでは、ゆっくり、のもうじゃないか」

「いいね」

「実は昨夜、お前さんのところへ行きかけたんだ」

「へえ……どうして、来ておくんなさらなかったのだ?」

「それがさ、そこの竹藪の道でね……」

　と、それから梅安が、昨夜のはなしを語って、

「おもんがいうには、私を斬ろうとして、人ちがいに気づき、この井筒へあらわれ、私に似た男がいないか、と尋いた侍というのが、年のころは三十五、六。瘦《や》せて小柄な、まるで少年《こども》のような躰つきの、それでいて、いかにも元気そうな、眼の大きい人で、垢《あか》じみていない着ながし姿で、刀は大きいのを一本、落しざしにしていたというのだよ」

「ほう……」

　彦次郎は、梅安が酌をしてくれた盃を口へもっていきながら、

「おもしろいね」

　と、いった。

「彦さんは、どう、おもうね?」

「その浪人は、おれたち同様の仕掛人らしいね。その、宗伯先生とかいう坊主頭を殺《や》ろうと

したのだろうよ」

「と、しか思えないな」

「いずれにしても、こっちには関《かか》わり合いのないことだが、梅安さんは気をつけなくちゃあいけねえぜ」

「まったくだ」

「それにしても、その浪人が仕掛人だとすれば、こいつ、よっぽど間ぬけなやつだなあ」

「ところで彦さん。私は、そろそろ帰らなくては……患者を診《み》なくてはならないのだ。どうだ、いっしょに来ないか？」

「いや、今日は困る。明日中に、浅草の卯《う》の木屋《きや》へ、ふさ楊子をおさめなくてはならねえのだ」

「そうか、それでは仕方がない」

しばらく酒をのみ合ってから、二人は別れた。

藤枝梅安は町駕籠で品川台町の自宅へ、彦次郎は塩入土手の我家《わがや》へ、それぞれ帰って行ったのである。

梅安に、新しい仕掛けのはなしが持ちこまれたのは、この日の夜のことであった。

三

手伝いの老婆・おせきが、きれいに掃除をしておいた我家へ、治療から帰って来て、おせきが敷きのべておいてくれた寝床の上で、梅安が寝酒をのもうとしたとき、勝手口の戸を叩《たた》く音がきこえ、

「もし、先生。梅安先生……」

しのびやかによぶ老爺《ろうや》の声がする。

声は、なじみのものであった。

本郷六丁目の善福寺門前に住む香具師《やし》の元締《もとじめ》・札掛《ふだかけ》の吉兵衛《きちべえ》が訪ねて来たのだ。

吉兵衛が、みずから此処へ姿をあらわすときは、その用事も、

（およそ、知れている）

のである。

（いま、私は仕掛けをする気もちにはなれねえのだが……）

あげる腰が、梅安には重かった。

金も、いまはたっぷりある。

できるなら当分、鍼医者として暮したい。

というのは藤枝梅安、鍼治療の研究と自分の技術を、

（もっともっと、深めて行きたい）

からなのだ。

孤児同様の梅安を手もとに引き取り、立派な腕をもつ鍼医に仕込んでくれた亡き恩師・津《つ》山悦堂《やまえつどう》は、

「この道はな、奥行きが深い。おのが鍼で患者を治療し、その結果が、一つ一つ、次の治療に実って来ることは、たまらぬよろこびがあるものじゃよ。もっともそれは治療する鍼医者の人柄にもよるが……」

と、梅安に語ったことがある。

いま、梅安は、鍼医者として、ようやく、その〔よろこび〕がわかりかけてきたところだけに、それこそ、毎日の患者の治療には身を打ち込んでやるし、それが重い病気なら尚更のこと、金銭をはなれて面倒を見てやるものだから、いまや、品川台町界隈《かいわい》では、

「仏《ほとけ》の梅安」

とか、

「台町のお助け先生」

などという異名《いみょう》が、たてまつられつつある。

これには、さすがの梅安も閉口《へいこう》している。

（ふん。金ずくで人を殺《あや》める仕掛人が、何で仏なものか……）

しかし、仕掛けの礼金があればこそ、

「人助け……」

もできる。そのことについて梅安は、まったく意識していないが、結果としてはそうなる。

こうした矛盾については、梅安も彦次郎も深く考えたことがない。二人のように〔仕掛けの道〕へ、いったん踏みこんだ者は、もはや、そこから足をぬくことが絶対に出来ぬ。

ただ本能的に、無意識のうちに、藤枝梅安が体得していることは、

「善と悪とは紙一重」

であって、

「その見境《みさかい》は、容易につかぬ」

と、いうことであった。

「元締。何も、そんなところから……」

勝手口の戸を開けて迎え入れた梅安を、にこりと見上げた札掛の吉兵衛が、少年《こども》のような矮軀《わいく》を屈《かが》め、

「今度は、ちゃんと引き受けておくんなさいますねえ、先生」

と、いった。

梅安が、

（どうにも、かなわない）

と、いいたげな顔つきになった。

この前の「本間左近一件」では、吉兵衛の依頼を拒絶しておきながら、すこしも知らぬうち、梅安は老女・松永たかのために本間左近を殺し、それがなんと、吉兵衛が仕掛けをたのみに来た当の相手だったとは……。

吉兵衛は、梅安が、いったんは断わっておきながら、黙って仕掛けてくれたものと信じてうたがわず、

「だまって仕掛けておいて、いきなり、私をおどろかせ、よろこばせようなんて、ほんとに憎いことをしなさる。しゃれていなさいますねえ」

と、大よろこびで吉兵衛が出した百五十両を、梅安は照れくさそうに受け取ってしまった。

その金で、松永たか女の墓を建てようとおもったからだ。

いま、たか女は、浅草・山谷《さんや》の海蔵寺《かいぞうじ》の墓地の、梅安がたてた立派な墓石の下にねむっている。

たか女の戒名《かいみょう》を、

〔母心院寛室妙高大姉《ぼしんいんかんしつみょうこうだいし》〕

と、いう。

墓をたてるについては、井筒の亭主・与助が、ずいぶんと骨を折ってくれたものだ。

そういうわけで、どうも梅安は、札掛の吉兵衛に、

(借りができたような……)

おもいがしていたのである。

それだけに、のっけから吉兵衛に〔やわらかい釘《くぎ》〕を刺されると、どうにもかぶりを振れなくなってしまい、

「ま、元締。はなしだけは、うかがおうよ」

と、いってしまった。これはもう引き受けたのも同然ということになる。

居間へ通された吉兵衛は、柄樽《えだる》の酒と、早くも前金の五十両が入った袱紗《ふくさ》包みを梅安の前へ置いた。

「いつもながら、元締は気が早い」

「年をとると、はい……気が急《せ》くばかりで……」

「まさか、急ぎの仕事ではないのだろうねえ?」

「さよう……」

くびをかしげて見せて札掛の吉兵衛が、

「夏が終るまでには……」

「ふうむ……」

それならば、たっぷりとはいえぬが、じゅうぶんに仕掛けの準備をすることができるし、その仕度を気のすむまでととのえることによって、仕掛けも楽になるし、したがって仕掛人への危険もすくなくなることはいうをまたぬ。

「で、相手は？」

「本所の竪川通りの、花町の蠟燭問屋で、伊豆屋長兵衛」

きっぱりといって藤枝梅安を見上げた札掛の吉兵衛の細い両眼が、暗い光をたたえている。

「ようございますかえ、先生……」

梅安は、凝《じっ》と吉兵衛を見返した。

昨夜、自分が間ちがえられた〔宗伯先生〕とかいう坊主頭が得体《えたい》の知れぬ浪人に、いのちをねらわれていて、その〔宗伯先生〕と深い関わり合いがあるらしい伊豆屋長兵衛の仕掛けを、いま、自分がたのまれた。

これはいったい、どうした符合《ふごう》なのだろうか……？

(いや別に、何ということもないのだ)

すでに梅安は割り切った。

偶然《ぐうぜん》の符合にすぎない。

吉兵衛と、かの怪しい浪人とは何の関係もないことが、吉兵衛の顔をみれば、すぐにわかった。

「よろしい」

梅安は、五十両の小判を袱紗ごと取りあげ、ふところに入れた。

これでもう、梅安は吉兵衛との約束を、それこそ仕掛人のいのちにかけても破れないことになったわけだ。

「それでは先生。駕籠を待たせてありますのでな、これでごめんを……いや、よかった、よかった。この仕掛けは、ぜひとも、先生でなくては……」

いそいそと帰って行く吉兵衛を見送ってから、梅安は、

(あの爺さんは、金ずくで、私に人を殺《あや》めさせることが、よほどにうれしいらしい……)

深いためいきを吐いた。

四

春は闌《た》けた。

鮮烈な若葉の色が濃緑《のうりょく》の重みをたたえ、町を行く藤枝梅安の頬すれすれに燕《つばめ》が翔《と》び交《か》うようになった。

患者の治療の合間《あいま》に、梅安は時折、本所まで出かけて行き、伊豆屋長兵衛を探《さぐ》りはじめた。

その往《ゆ》き還《かえ》りに、塩入土手の彦次郎の家へ立ち寄ることもあったが、そのたびごとに、彦次郎は不在であった。

(彦さんも、どこからか仕掛けをたのまれたのではないか……?)

ふっと、そんな気もした。

梅安が伊豆屋長兵衛についての聞き込みを、一応終えるまでには、札掛の吉兵衛に、この仕掛けをたのまれてから二十日ほどかかった。

長兵衛の姿も二度ほど、梅安は見た。

伊豆屋長兵衛は、五十五、六歳に見えた。

背丈の高い、痩せてはいるが筋骨のしっかりした体格である。

細面《ほそおもて》の、頬骨《ほおぼね》の張った、どちらかといえば精悍《せいかん》な顔貌《がんぼう》ながら、どことなく品格があり、店を出て町駕籠へ乗る間の、ごく短かい身のこなしを見て、梅安は、

(腰がすわっている……)

と、感じた。

それはつまり、

「町人のものではない腰のすわり方……」

を感じたのだ。以前は大小の刀を腰にたばさんでいた者だということなのである。

これは何を意味するのか……。

仕掛人の掟《おきて》として〔蔓《つる》〕の札掛の吉兵衛へ、依頼人である〔起《おこ》り〕のことを尋《き》くことはタブーとされている。その点、梅安は吉兵衛を信頼していた。

「世の中に生かしておいては、世のため人のためにならぬ者を殺す」

という一点を、である。

近所でも、伊豆屋長兵衛の評判はよい。

町内の行事や、その他もろもろのことに、非常な協力をしてくれるし、もろもろの寄附を惜しまない。

女房との間には、

「子が二人いる」

と、いううわさだ。

しかし、近所の人びとが、長兵衛の家族を見たことはない。

「伊豆屋さんが、ここへ店を構えましたのは、五年ほど前でしたがね」

「いや、どうも大したものだ。五年そこそこの間に、其処此処《そこここ》の大名屋敷の御用をつとめるようになったといいますからね」

「めったに外へ顔を見せることはありませんがね、たまに、道で出会ったときなどは、腰を低く屈めて……そりゃもう、ていねいなものですよ」

などと、近所の人たちはいう。

外へ出るときは、両国橋の東詰、本所元町《もとまち》の駕籠屋〔駕籠由《よし》〕から、長兵衛の指定した駕籠昇《か》きが担《かつ》ぐ駕籠で出かけて行く。

いずれにせよ、こうした聞きこみをまとめただけでも、

(尋常の男ではないな)

と、梅安はおもった。

仕掛けの礼金が前金で五十両ということは、合わせて百両になるわけであった。

これは梅安が、札掛の吉兵衛から受けた礼金の中でも高位に属する。梅安に百両入るということは、吉兵衛のふところへも百両入るということだ。合わせて二百両。現代でいえば二千万円にも相当しよう。

それだけ伊豆屋長兵衛は、

(殺される価値《かち》のある男……)

と、見てよいのである。

梅安は、伊豆屋長兵衛が出入りをゆるされている大名屋敷や旗本屋敷も、探って見た。

大名家では、越前・福井三十万石の松平越前守、武州・川越十五万石の松平大和守をはじめ、いずれも譜代《ふだい》大名の江戸藩邸へ蠟燭をおさめているし、旗本も三千石、五千石の大身《たいしん》の

御用をつとめている。

むろん、それらの屋敷の蠟燭を、伊豆屋が一手にあつかっているわけではない。

伊豆屋長兵衛は、本所・花町へ店舗を構えたのが、わずか五年前だというし、それ以前に別の場所で蠟燭問屋をしていた形跡《けいせき》は、まったくない。

藤枝梅安が、病気を癒《なお》してやった、これも蠟燭問屋で、四谷御門外に店がある越後屋兵左衛門《へいざえもん》のところへ、ぶらりと立ち寄って、それとなく尋いてみると、

「伊豆屋さんは、なんでも、もとは大坂に店があったと申しますよ。ま、これで手前どもの方は、いろいろと組が別れておりまして、なかなかにやかましいもので、いきなり、江戸へ出て店をひらくと申しても、小売りならば別、問屋すじの商《あきな》いはめったにできませぬ。そこをまあ、あのように諸方へ御出入りもかない、何事にも上からの特別なはからいがあって、あそこまで成りあがったのでございますから、これはもう大したものでございますな」

と、越後屋兵左衛門が、

「くわしくは存じませぬが……なんでも、御公儀のすじにも大へんに顔がきく御方が、伊豆屋さんの後楯《うしろだて》になっているそうでございますよ。さよう、私どもとは組も別のことで、したがって寄り合いも別。顔を合わせたこともありませぬが……うわさによると、あるじの長兵衛さんは、何でも病弱だとかで、いつも代理《かわり》に大番頭の豊五郎《とよごろう》というのが寄り合いなどに出てまいるそうで……さよう、それがまた、大へんによくできた番頭で、人あたりもよし、つ

きあいもよしで、はじめのうちは、あちらの方の組でも伊豆屋さんを爪弾《つまはじ》きにするようなかたちになっておりましたのが、いつの間にやら消えてなくなり、いまはもう、伊豆屋さんの評判が、まことに、よいそうでございますよ」

「なるほど。世の中は万事、そうしたものですかな」

「梅安先生は、伊豆屋さんとは何か?」

「いや、此間《このあいだ》、五、六年ぶりに、本所のあの辺りを通ったら、いつの間にやら大きな店ができていたものだから、それで……」

「さようでございましたか」

梅安は、患者の数を、すこしずつ減らしはじめた。

仕掛けにかかるときには、重症《じゅうしょう》の患者は早く癒してしまうか、別の治療の方法を考えてやるようにし、新しい患者は、とらぬようにする。

それでないと、どうしても気が散ってしまう。

彦次郎のように〔ふさ楊子〕をつくっているのならよいが、

(こっちは、人のいのちをあずかるも同然……)

なのである。

人のいのちを奪うがために、善《よ》き隣人の病気に責任をもてなくなるようでは、

(はなはだ困る……)

藤枝梅安なのである。

仕掛けのための探りに日数がかかるのはいうまでもないが、仕掛けの日がせまるにつれ、どうしても自宅へ帰れぬことが多くなる。

「近いうちにな、ちょいと駿府《すんぷ》（静岡市）の親類のところへ行くようになるかも知れぬよ」

と、梅安は、おせき婆さんへ伏線を敷いておいた。

五

風の香りが、ふとして、

（夏めいたような……）

と、おもう日があった。

よく晴れた日が、何日もつづいた。

そうした或日《あるひ》。

（今日こそは、何としても彦さんに会いたいものだな）

藤枝梅安は、そうおもいながら、昼すぎに品川台町の家を出た。

出るときに、おせき婆さんへ、

「二、三日は帰れないかもしれないよ」

そういうと、婆あめ、痩せ茄子《なす》のような顔をにたにたさせ、

「先生も、やっぱり人間だからね。ヒ、ヒヒ……」

と、妙な笑い方をして、

「あたしもさあ、先生。もう二十も若かったら、ちょいと先生によう、一晩でもいいからよう……」

いしなをつくったのには、梅安もびっくりした。

「そんな台詞《せりふ》は婆さん。お前の、それ、亭主どのにいうものだよ」

「冗談じゃあねえ」

「どうして？」

「どうしてって先生。うちの亭主《ばか》は、もう鼻血も出やあしませんよう」

「勝手にしなさい」

梅安は徒歩で、浅草橋場〔井筒〕へ、先ず行って見るつもりである。婆さんに、そういわれて見ると、

（なるほど、な……）

と、おもいあたるふしもないではない。

彦次郎の顔を見たいのは、もちろんだが、それよりも尚、梅安は、井筒の座敷女中・おもんの、ふとやかな肢体《したい》が脳裡《のうり》に浮かんできて消そうにも消せなくなることがあるのだ。

ゆったりと歩を運び、芝口橋《しばぐちばし》をわたったとき、

（そうだ、久しぶりに……）

おもいついたことがある。

それは、京橋の東詰を北へ行った大根河岸《だいこんがし》にある〔万七《まんしち》〕という小体《こてい》な料理屋のことだ。

〔万七〕の名物は、兎汁《うさぎじる》である。

当時の江戸の人びとが口にする獣肉として、先ず兎の肉が第一であったろう。

なにしろ将軍様も、元旦には、

「兎の吸物を召しあがるそうだ」

というわけで、江戸市中の兎料理の店は数少ないが諸方に点在している。

〔万七〕の兎は、飼養された家兎ではなく、臭味《くさみ》のない野兎を料理するので、やわらかい兎の肉は、焙《あぶ》っても汁にしてもよい。

〔万七〕の兎汁は、生薑《しょうが》をきかせ、巧妙に葱《ねぎ》をあしらったもので、これが藤枝梅安の大好物なのだ。

味噌吸物にもしてくれるし、鍋にもしてくれる。

夏が来ると〔万七〕は二ヵ月ほど休業してしまう。

そのこともあって、

（夕飯は、万七ですまして行こう）

と、おもいたったのだ。

日が長くなって、七ツ(午後四時)だというのに、あたりは、まだ明るい。

「これは先生。お久しぶりでございます」

愛想のよい〔万七〕のあるじの声に迎えられ、梅安は、二階座敷へあがった。

二階に、座敷が二つある。

小さな火鉢《ひばち》が梅安の前に置かれ、そこへ、小ぶりな鉄鍋《てつなべ》をかけ、女中が出汁《だし》をそそぎ、客の目の前で兎汁をつくる。

淡白な兎肉の脂肪が秘伝《ひでん》の出汁にとけあい、

「いつもながら、うまいな」

梅安が舌鼓《したつづみ》を打ったとき、となりの座敷へ、客が入って来る気配がした。

「酒をな、早く、たのむ」

と、となりの客が女中にいいつけている声をきいて、

(おや……?)

おもわず梅安が盃を置き、しきりに世話をやく中年の女中へ、

「あとは私がやる。それよりも酒を……」

そういって女中を去らせた。

その間にも、となりの客が女中に屈託《くったく》のないことをいっては、たのしげに笑っている声が

きこえた。

　となりの女中が、先ず酒を運んで来て、階下へ去った。

　こっちの女中も酒を運んで来たが、

「よぶまではいいよ。ちょいと考え事をするから……」

　と、梅安が、となりの客にはきこえぬような低い声でいった。

　女中が去る。

「うまい……」

　酒をのみながら、となりの客が独言している。

　兎汁の仕度がととのうまでには、もうすこし間があるはずだ。

「もし……」

　と、藤枝梅安が、となりの客へ襖《ふすま》ごしに声をかけた。

「私の声に、おぼえはございませぬか？」

　となりの客は、だまっている。

「この春、花が散ったばかりのころ、橋場の井筒から出たところを、お前さまに、あやうく斬り殺されようとした藤枝梅安というものでございますが……」

　返事はない。

　しかし、襖の向うの部屋から、得《え》もいわれぬ気配が、はっきりと梅安には感じられた。

殺気であった。

「もし……もし……」

こたえはなかった。

「お前さま。私を、また斬るつもりでございますか?」

六

依然、返事がない。

しかし、となりの部屋の殺気が梅安の背すじを寒くした。

(これは、よほどの遣《つか》い手《て》だ……)

先夜、もし斬りつけられていたなら、

(私は、すでに、この世のものではなかったろう)

なのである。

仕掛針の妙技は別として、正面から闘っても、相手が何であれ、藤枝梅安は自分の腕力に相当の自信をもっている。

梅安は、となりの部屋との境の襖をにらみつけ、おもわず片ひざを立て、無意識のうちに右手で煙草盆をつかんでいた。

（だが、どうもいけない。とても勝てまい）

と、おもう。

しめきられた襖が、向うの客の殺気でふくれあがり、はじけて破れそうに感じられた。

（あわよくば……）

相手を、取り押え、

「お前さんは、どこのだれにたのまれて、井筒にいた何とか宗伯先生を殺《あや》めようとしたのだ？」

問いつめて口を割らせてくれようと、おもわぬものでもなかったが、

（とても、だめだ……）

あきらめざるを得ない。

相手の顔も姿も見ぬうち、襖ごしに感じられる殺気の凄《すさ》まじさによって、とっさに、いまの自分が置かれている状態を知ることができたのは、藤枝梅安の卓抜《たくばつ》した〔勘《かん》ばたらき〕によるものといってよい。

「もし……」

と、梅安が乾《かわ》いた声でいったのは、そのときである。

「私の口を封じようとなさるのは、無用のことでございます。私も、どうやら、お前さまと同類の人間のようで……」

殺気がゆるみ、わずかに、客が身うごきをする気配が起った。

「先夜も申しあげたように、私は、藤枝梅安と申す鍼医者でございます」

返事はなかったが、徐々《じょじょ》に殺気が消えて行った。

よほどのことでなければ、顔も見ぬ相手へ、これだけ率直《そっちょく》に自分のことを打ちあけるような梅安ではない。

だが、そうしなくては、

(斬り殺される……)

と、直感したからこそ、本能的に梅安は、こうした態度に出たものであろう。

そして、それはまた、ただちに相手の反応をよんだのである。

「どうやら、おぬしの言葉には嘘《うそ》がないようだ」

となりの声が、ようやく出た。

「ありがとうございます」

おもわずいって梅安は、煙草盆からはなれた手で、ふところの手ぬぐいを取り出し、くびすじの冷汗をぬぐった。

「おぬし、相当に遣うらしい」

何か、ほっとしたような相手の声であった。

「遣う、と、おっしゃいますと?」

「ふ、ふふ……」

「遣うものは治療の鍼《はり》ぐらいなものですが……」

「何を申す」

「え……?」

「襖の向うから、ただよってくる、おぬしの殺気は……あれは、ただのものではなかった」

梅安は沈黙した。

(そうか……知らず知らず、私も相手を殺そうとしていたのか……)

そこでようやく、梅安は、私は煙草盆をつかんでいたらしい)

(そういえば、私は煙草盆をつかんでいたらしい)

と、おもい至ったのだ。

(ふ……煙草盆では、とても殺せる相手ではなかったのに……)

苦笑が、にじんだ。

けれども、梅安も必死のおもいであった。それだけにやはり、梅安の躰からふき出る殺気はなみなみのものではなかったにちがいない。

そこは梅安も、なみなみの人間ではなかったからだ。針と刀とちがいこそあれ生死の境をくぐりぬけて来た回数は、むしろ梅安のほうが、となりの恐るべき相手よりも多かったろう。

「いかがでしょう、境の襖を開けてもよろしゅうございますかな？」

「そうだな……」

「いけませぬか？」

「ま、どちらでもよいようなものだが……しかし、たがいに面《つら》を見せ合ったところで別に、どういうこともなかろう」

「それは、まあ……さようでございますなあ」

「そうだとも……」

「では、そういたしましょう」

「そうしろ」

相手の声は、おもったより若い。

〔井筒〕のおもんは「小柄で、快活そうな三十五、六歳の浪人」だといったが、声からおして見ると、二十七、八歳だと、梅安は看《み》た。

（きっと、老《ふ》けて見えるにちがいない）
のである。

「もし……もし……」

「まだ、何か用か？」

「はい。実は……」

「うむ?」

「あれから、井筒へ、お前さまが手にかけようとなすった宗伯先生の知り合いが、やってまいりましてね」

「ふうん」

「伊豆屋長兵衛というので」

「知らぬな」

ほんとうに知らぬらしい。

「さようでございましたか……」

「さて……おれは、そろそろ引きあげるとしよう」

「いま一つ、おうかがいしても、よろしゅうございますかな?」

「何だ、早く申せ」

「お前さまは、何で、あの宗伯先生とやらを殺《あや》めようとなすったので?」

「ききたいのか?」

「はい」

「人に、たのまれてな」

「そう……」

「礼金を前わたしで、もらった」

やはり、相手は、

(私と同じ仕掛人だったのか……)

梅安が、そうおもったとたんに、相手がいった。

「礼金は金三両。だが、その金には血と汗がこびりついている」

「ははあ……」

三両で仕掛けを引き受ける者は、先ず、いない。

「三両で、仕掛けを?」

「仕掛け……何のことだ?」

相手は、どうやら〔仕掛人〕ではないらしい。

となりの客は、廊下へ出て行きながら、すわったままでいる藤枝梅安に、こういった。

「おぬしが二度も正直に名乗ったことゆえ、おれも名乗ろう。小杉十五郎《こすぎじゅうごろう》というものだ」

そして、

「ふ、ふふ。小杉とは、ようも……」

くっくっと笑いながら、去って行ったのである。

おそらく、小柄な体軀と小杉の姓とが、われながら、おかしくおもえたのであろうか……。

浪人……小杉十五郎の足音が完全に消えてから、藤枝梅安は、座敷の窓を細目に開け、

〔万七〕の横手の道をのぞいて見た。いつの間にか、とっぷりと暮れている。

小杉十五郎が表口を出て、河岸道の方へ去るとすれば、いま、梅安が見下ろしている横道へはあらわれまい。

と……。

小柄な人影が、横道を曲がって来た。

暗がりの中で、よくは見えないが、きちんと袴をつけた姿であった。まさに小杉十五郎だ。

道の向う側は、伊丹という大きな乾物問屋《かんぶつどんや》の裏手で、黒い板塀がずっとのびている。

はっと、梅安が窓から身を乗り出した。

小杉十五郎の行手へ、突如、三人の黒い影があらわれ、立ちはだかったかと見る間に、いきなり大刀を抜きはらったのを見たからである。

小杉十五郎が、ぴたりと足をとめた。

「おぼえたか!!」

黒い影の一人が、猛然と十五郎へ斬りつけるのが見えた。

同時に、十五郎の躰が弦《つる》をはなれた矢のごとく、前方へ躍り出している。

十五郎を待ち伏せていたらしい三人は浪人と見えたが、

「うぬ!!」

「だあっ!!」

三人の気合声と怒声が、たちまちに、

「うわ……」

「ぎゃあっ……」

悲鳴と絶叫に変った。

刃と刃が噛み合う音も、きこえたか、きこえぬうちに……。

ばたばたと三人が、横道の其処此処《そこここ》に打ち倒れ、闇の底に、彼らの断末魔《だんまつま》のうめき声がただようとき、遠去かる小杉十五郎の後姿が、梅安の眼には、まぼろしを見ているかのように消えて行った。

近辺の人びとが、さわぎを知って横道へあらわれたとき、三人の浪人どものうめき声も絶え、十五郎の姿は何処にも見当らぬ。

梅安は、ためいきを吐いた。

座敷女中が駆けあがって来て、

「いま、すぐ、そこの下の道で、人殺しが……」

わなわなふるえながら、いった。

梅安は、それにこたえず、ちょっと間を置いてから「熱い酒《の》をたのむ」と、女中に注文をした。

七

小杉十五郎と名乗った矮軀《わいく》の浪人の、凄まじい人斬りを見た夜。藤枝梅安は、予定どおり、浅草・橋場の料亭〔井筒〕へおもむいた。

兎汁を名物にしている料理屋〔万七〕へ、近くの町駕籠をよんでもらい、それに乗って〔井筒〕へ着いた。

夜ふけてから、おもんが、梅安が寝ている離れへ忍んで来た。

いや、忍ぶというよりも、このごろのおもんは、まるで女房きどりになってきていた。

それでいて、

（この女は、鼻につかぬ……）

のが、梅安にはふしぎでならない。

「この間の、客な……」

と、梅安が寝物語に、おもんへ尋いた。

「どんな、お客……？」

「ほれ、私に、よく似た坊主頭の……」

「あ……おもい出しました」

「あれから、また来たかね？」

「いいえ」

「ふうん……では、伊豆屋長兵衛さんは？」

「いいえ。何か、あったのですか、先生……？」

「いや何、こっちのことさ」

「もし、また見えたら、どうします？」

「私が此処《ここ》に泊っていたら、そっと教えてくれ。そうでないときは……」

いいさして梅安が、ふと、黙りこんだ。

「先生……」

「いや。いいのだ、いいのだ。それよりも、今夜は妙に、むし暑い」

「そうでしょうか。私には、ちょうど気もちがよくて……」

「このごろ、お前の躰は、すぐに火照《ほて》ってくるね」

「あれ、そうでしょうか？」

「ふむ。あまり、血の気が多くなってもよくないな」

「あれ、いやな……」

「これ、何をする。もういい、もういい。あとは明日……」

「まあ、明日も泊って下さるんですか？」

「いいな」

「ああ」

「うれしい」

「明日は、ゆっくり寝かせておいてくれ。いいな」

「あい……」

翌日。藤枝梅安は四ツ半（午前十一時）ごろに目ざめた。

起きると、すぐに、井筒の若い者を彦次郎の家へ走らせた。もし不在だったら「二、三日、井筒にいる」と書いた結び文を戸の隙間《すきま》から落しこんで来るようにたのんだのだが、やがて走りもどって来た若い者が、彦次郎は家にいて、すぐに井筒へやって来ると、梅安に告げた。

彦次郎があらわれるまで、梅安は、酒ものまずに待っていた。

「やあ、しばらくだねえ、梅安さん」

離れへ顔を見せた彦次郎は、血色もよく、大分に肥ったようである。そのことを梅安がいうと、彦次郎が苦笑をうかべ、

「毎日毎日、寝ちゃあ食っていたからね」

「どこで？」

「女房とむすめの墓があるところさ」

「荏原《えばら》の馬込《まごめ》村の、万福寺《まんぷくじ》かね？」

「そのとおり。和尚さんが泊って行け、と、いってくれたのをいいことに、一月《ひとつき》も泊りこんじまった。久しぶりで、お寺の畑仕事を手つだってやったりして、いやもう、いい心持ちだったよ、梅安さん」

「彦さん。お前の帰るのを待っていたのだ」

「仕掛けかね、梅安さん……?」

「今度のは、ちょいと、おもむきが変っているのだ」

「へへえ……」

「ま、はじめからはなそう。間ちがえて、私を殺そうとした浪人がいたろう。あいつに、また会ったよ」

と、それから梅安が、〔万七〕での一件を、あますところなく語るにつれ、見る見る彦次郎の両眼の光りが凝《こ》ってきて、

「おもしろそうだねえ、梅安さん」

「どこのところが、おもしろいのかね?」

「その、小杉なんとやらいう、小せえ浪人が、おもしろいよ」

「なるほど」

「その浪人のいうことに、嘘はねえらしい。梅安さんは何と見なさる?」

「私も、そうおもう」

「するとだね。その浪人が、血と汗がこびりついているという金三両でたのまれた宗伯殺し。こいつきっと、その宗伯という坊主頭は、この世の中に生きていねえほうがいいような奴にちげえねえ」

二人は眼と眼を見合わせ、同時に、うなずき合った。

それから梅安は、酒を運ばせ、硯箱《すずりばこ》と半紙を、おもんに持って来させたのである。

梅安は、おもんが出て行ってから、器用に、二人の男の似顔《にがお》を半紙へ描《か》き、彦次郎へ見せた。

一は、伊豆屋長兵衛。

一は、かの〔宗伯〕という坊主頭の顔であった。

「どうやら、似て描けたよ、彦さん」

「こいつは、おれがもらっておいていいかね？」

「そのために描いたのさ」

八

昼すぎになり、藤枝梅安と彦次郎は、ぶらりと〔井筒〕を出て、本所へ向った。

両国橋をわたった二人は、竪川に沿った道を、一ツ目橋、二ツ目橋とすぎ、三ツ目橋へかかった。そこが、本所・花町で、蠟燭問屋・伊豆屋長兵衛の堂々たる店構えは、ひと目で知れる。

二人は、三ツ目橋を南へわたり、竪川をへだてて伊豆屋の正面をのぞむことができる徳右衛門町《えもんちょう》二丁目の〔信濃屋《しなのや》〕という蕎麦《そば》屋の二階座敷へあがった。

信濃屋の名物は〔寝《ね》ざめ蕎麦〕というもので、黒い太打《ふとう》ちの蕎麦を、大根おろしの薬味だけで食べさせる。葱《ねぎ》もつかわぬのである。

信濃屋の二階座敷の窓を開けると、

「ほうら、ひと目で伊豆屋が見える」

「なるほど」

「今日は、まあ、伊豆屋の店構えと、この蕎麦屋を知っておいてもらえばいい」

「とにかく梅安さん。何とか宗伯とやらいう野郎と、こそこそ怪しげなまねをしているらしい伊豆屋長兵衛なのだから、どうせ、ろくなやつではねえ。梅安さんは、札掛の元締からたのまれた伊豆屋だけを仕掛ければいいのではねえかな。宗伯のほうは、小杉十五郎に、まかせておけばいい」

「うむ……まあ、そうだね」

「とにかく梅安さん。おれが下ごしらえをしておくよ」

「そうか、すまないねえ。そうしてくれれば、ちょいと自宅《うち》へもどって、患者の治療ができる」

「人助けだものね」

「そのかわり、お礼は、たっぷりするよ」

梅安が、そう言ったとき、彦次郎が、

「あ……駕籠が来たぜ」

と、いった。

見ると、いましも、伊豆屋の前へ、町駕籠がとまったところだ。

「彦さん。あれは、いつも伊豆屋長兵衛が使っている本所元町の駕籠由から来たものだよ」

「すると……長兵衛が、どこかへ、出て行くのかな」

二人が見まもっていると、やがて、出て来た。

「や……梅安さんの描いた人相に、そっくりだね」

「あれが、伊豆屋長兵衛さ」

駕籠由の駕籠へ、伊豆屋長兵衛が乗り込むのを見て、彦次郎が、

「よし。ちょいと、後をつけて見よう」

と、腰をあげた。

「そうか。では、たのむよ」

「井筒で待っていておくんなさい」

彦次郎が出て行ってから、梅安は残りの酒をのみ、名物の〔寝ざめ蕎麦〕を食べ、それから〔井筒〕へもどり、おもんに、

「おっつけ、彦さんがやって来る。何か、うまいものをたのんでおくれ」

と、命じた。

彦次郎が井筒へあらわれたのは、六ツ半（午後七時）ごろであった。

「ずいぶん、長かったね」

「梅安さん。伊豆屋の駕籠が二ツ目橋をすぎると、いつの間にか、駕籠の両脇に男が一人ずつ、つきそって来てね……」

「強そうな、躰の大きな、下男のような恰好《かっこう》をした男たちだろう。おもんが、そういっていたよ」

「下男の姿をしているが、あの二人、只者《ただもの》じゃあねえ。おれの目に狂いはないよ。あの二人は、前に大小を腰にしていた奴らにちがいない」

「伊豆屋の用心棒だね」

「そのとおり」

「それで？」

「浅草から下谷へ出て、広徳寺《こうとくじ》の手前の道へ切れこみ、入谷《いりや》田圃《たんぼ》の外れの、ほれ、坂本の裏に、いくつも寺が固まっている……あの辺に庚申堂《こうしんどう》があってね。その前を入ったところに、

ちょいと立派な門構えの屋敷がある。そこへ、伊豆屋の駕籠が入って行ったよ」

「門の中へかね？」

「そうだとも。駕籠が入ると、すぐに門の扉《と》が閉まった。その屋敷が、それ……」

「何んとか宗伯の塒《ねぐら》というわけか……」

「山崎宗伯という医者だそうだ」

「やっぱり、ね……」

「近所を当ってみたが、寺ばかりだし、あまり、はっきりしたことはわからなかったが、なんでも五年ほど前に、山崎宗伯が屋敷を建て、移って来たというよ、梅安さん」

「五年前というと……伊豆屋長兵衛が本所へ店を構えたのと、同じころだね」

「あ、そうか……」

山崎宗伯の屋敷がある土地は、新鳥越町《しんとりごえちょう》の海禅寺《かいぜんじ》という大きな寺が持っていたもので、それを借りたものか、あるいは買い取ったのか、そこのところは近所の寺でも、よくわからぬらしい。

宗伯は、幕府から扶持《ふち》をもらっている〔御典医《ごてんい》〕でもないのに、患者もとらぬし、往診に出る様子もない。奉公人も何人かいるようだが、近所の人びとの目には、あまりふれぬそうな。

だが……。

ちかごろになって、浪人のような、武芸者のような男たちが、そっと出入りするのを見た者がいる。

「そいつが、どうもおかしい。ま、とにかく、あの辺は、みんな小さな寺ばかりで、別に門前町があるわけでもなし、めったに人も通らねえ細い道に、宗伯屋敷の門があるのさ」

「ふうん……」

「それからね、伊豆屋が出て来るのを待って見たのだが、なかなかにあらわれねえ。そこで今日はあきらめて、もどって来たが梅安さん。お前さん、今日、おれと一緒に仕掛けたら、うまく行ったかも知れねえよ」

「ふむ……彦さんの勘ばたらきだね」

「まあ、そんなところだ」

「その二人の用心棒がいても、うまく仕掛けられたかね？」

「やって、やれねえことはないとおもった、が……しかし、まあ、急《せ》くこともないし……」

「そうとも。ゆっくりやろう」

「ところで梅安さん。腹が鳴っているよ」

「あ、すまぬ。今日は鯛《たい》のいいのが入ったそうな。それで、鯛のかき煎《い》りというのを食べさせてくれるらしい」

「へえ……そいつは、どんなもの？」

「私も食べたことがないのだ」

九

翌日の昼すぎに、藤枝梅安と彦次郎は、下谷・広徳寺門前の茶店〔つたや〕で待ち合わせた。

空は、どんよりと曇《くも》ってい、すこし、むし暑いほどであった。

灰色というよりも、むしろ梅鼠色《うめねずいろ》の空の、大通りをへだててのぞまれる広徳寺の大屋根の上に、一羽の鳶《とんび》が悠々として舞っているのを、梅安は、ぼんやりとながめていた。

そこへ、彦次郎が来た。

二人は、上野の山を左に見て、車坂《くるまざか》から坂本の通りへ出た。この通りは、千住《せんじゅ》大橋から日光・奥州両街道へつながる往還《おうかん》だけに、両側は種々の商家や飲食の店がたちならび、昼も夜も人通りが絶えない。

坂本三丁目の東側に、土地《ところ》の人びとが「小野照《おのてる》さま」とよんでいる〔小野照崎明神社《みょうじんしゃ》〕がある。

この神社は、小野篁《おののたかむら》の霊《れい》を祀《まつ》ってあるそうだが、くわしい社伝がない。しかし、小野照崎明神は坂本町の鎮守《ちんじゅ》であるから、土地の人びとも、これを大切にしているし、多くの柳の木が植わった境内も風雅なもので、鳥居の左手は門前町になっていた。

その前を、通りの西側から行きすぎようとして藤枝梅安が、

「あ……」

低く声を発して立ちどまり、彦次郎の袖《そで》を引き、通りの向う側へ、あごをしゃくって見せたものである。

「え……？」

「あれだよ、まさに……面と向って、はっきりと見たわけではないが、たしかにそうだ。あれが、小杉十五郎さ。間ちがいない」

見ると……小野照崎明神・門前の茶店に腰をかけ、茶をのんでいる小柄な浪人がいる。

まさに〔井筒〕のおもんが、

「年のころは三十五、六。痩せていて、まるで少年《こども》のような躰つきの、そのくせ、いかにも元気そうな、眼の大きい、垢じみていない姿かたちで、刀は大きいのを一本、落し差しにしている……」

そのものの、浪人なのであった。梅安は、先ず、小杉十五郎を暗闇の中の気配で知った。声もきいた。

さらに、大根河岸の〔万七〕の横道で、このときも夜の闇の中でだったが、無頼浪人三人を斬って殪《たお》した十五郎の姿を二階の窓から見ている。

梅安と彦次郎は、すこし行きすぎてから、振り返って見た。

そこからだと十五郎の姿は、茶店の中に隠れてしまっている。

大通りを旅人が行く。荷車が通る。土地の人びとがいそがしそうに行き交《か》う。

梅安は、古着屋の軒下に立ち、凝《じっ》と、彼方《かなた》の茶店を見つめている。

彦次郎も無言で、梅安につきそっていた。

ややあって……。

藤枝梅安が、通りを東側へ横切った。

彦次郎が、

「あの浪人に会って見なさるつもりか？」

と、ささやくのへ、梅安は、

「うむ……」

うなずいて見せた。そのとたんに、彦次郎はすいと梅安から離れた。

これは、小杉十五郎と会った梅安に、もしも十五郎が危害を加えるようなら、すかさずに奇襲をかけるつもりなのだ。

彦次郎は、小野照崎明神の境内へ入って行くと見せ、茶店の横手にたたずみ、何とはなしに空を見上げている。

梅安は、ひとりで、茶店へ入って行き、

と、茶店の老爺に声をかけ、小杉十五郎へ視線を移した。

「お茶を、ね……」

早くも、十五郎は気づいたらしい。

と……。

ひたと、梅安を見すえた、その口もとに微《かす》かな笑いが浮かんでいた。

梅安が、にっこりして、軽く頭を下げ、

「とうとう、お顔を見ることができました」

と、いった。

「おれの後をつけて来たのか？」

と、十五郎。

「まさか……通りがかりに、お見かけしたのですよ」

「ふうん……」

十五郎のとなりへ腰をかけて、藤枝梅安が、

「まだ、山崎宗伯を討てませぬか？」

ささやいた。

「何……」

じろりと、十五郎がにらみつけてきた。

「ぶしつけですが……どうやら、あなたと私は、いっしょに仕事をしたほうが、よさそうですな」

「う……?」

「どうも、そうらしい」

「おぬしも、宗伯のいのちを、ねらっているのか?」

「いいえ、宗伯と切っても切れぬ間柄の、伊豆屋長兵衛という男を殺すつもりなのですよ」

「ほう。伊豆屋をな……」

「とにかく小杉さん。ここでは、こみいったはなしができぬ」

「ふむ……」

「どこぞへ、つき合って下さいませんか?」

ちょっと考えてから小杉十五郎が、うなずいて見せた。

茶店の蔭にいて、これを見まもっていた彦次郎は、ふところ手につかみしめていた短刀《あいくち》から、手をはなした。

いざとなったら、短刀を十五郎へ投げつけるつもりだったのである。

「おれは、千住二丁目の、槌屋《つちや》という店の女から、山崎宗伯殺しを金三両でたのまれたのだよ」

と、小杉十五郎は、運ばれて来た酒を、うまそうにのみつつ、語りはじめた。

ここは、小野照崎明神の真向《まむか》いにある店で、軒下の掛行燈《かけあんどん》に、

〔蜆汁《しじみ》・川魚　鮒宗《ふなそう》〕

と、しるしてある。

階下は、七坪の板張りへ、竹の簀子《すのこ》をしいた入れこみで、そこに、膳がわりの長い桜板をならべ、客は、ここで〔どじょう鍋〕を突ついたり、酒をのんだりする。安価で美味なるがゆえに、庶民の食欲が明るくみたされる店であった。

二階に小座敷があり、小杉十五郎が店の亭主へ「二階を借りるぞ」といい、先へ立って、まるで我家のようにあがって行ったのを見ると、十五郎なじみの店らしい。

「おれは、剣術を、すこしやる」

のっけに、十五郎が梅安と彦次郎へ、

「剣術を、すこしやると、人がわかってしまう。つまらんことだがね。お前さんたちのいう

ことに、嘘はないらしい」

「すこしどころのさわぎじゃあなかった……」

「梅安さんとやら、それでは、万七のときのことを、見たのだな？」

「二階から、とくと拝見しました。相手は何者なので？」

「ま、順を追って、はなそう」

と、それから、千住の女のはなしになったのだ。

千住宿は、四宿《しゅく》の一つで、江戸から奥州・日光両街道への第一駅として、むかしから繁昌《はんじょう》をし、荒川に架《か》かる千住大橋をはさみ、橋の南を小千住とよび、橋の北を大千住と称し、この大千住に、合わせて三十一軒の旅籠《はたご》屋がある。このうち、平《ひら》旅籠とよばれるものは普通の宿屋だが、いわゆる〔食売旅籠《しょくばいはたご》〕には、飯盛女《めしもりおんな》と称する遊女を置き、客をとらせた。

筆者が、十七、八のころの、昭和十年代の千住の町には、むかしの宿場女郎を置いた、そのおもかげが、かなりただよっていたものである。

だからその、小杉十五郎が千住の女といったのは、いわゆる飯盛女にほかならない。

十五郎は、三ノ輪に住んでいるところから、しばしば千住へ遊びに行ったが、その槌屋という店へあがったのは、五ヵ月前の晩秋の、その夜がはじめてであった。

十五郎の相手をした女は、お仲《なか》といって、見たところは二十《はたち》をこえたようにおもえたが、後できくと、十九歳であったという。

「まるで、傘《かさ》の骨のように痩せこけた女だったが……眼に光りがあった。ただの光りではなかったがね。とにかく、咳《せき》ばかりしていて、おれは、ひと目で労咳《ろうがい》(肺結核《はいけっかく》)と、にらんだ。金で買った女だが、そうなると手を出す気にもなれぬし、まあ、今夜は、ゆっくりねむれ、と、こういってな……女は、よろこんだよ。おれも、何もせずに寝てしまったわけだが、するとだ。夜半《よなか》に、女が血を吐いたものだ。ひどく吐いた。それから大さわぎになったのだが、ああしたときには、店のあるじなどというものは、冷めたいものだな。売薬《ばいやく》を一袋、持って来たきりで、まったくかまいつけない。それで仕方もなく、おれが介抱をしてやったのだが……お仲は、明け方に息を引きとってしまったよ」

梅安も彦次郎も、おもわず引きこまれて、きき入っている。

「その、お仲がだ。死ぬ間ぎわにだ。おのれの箱枕《はこまくら》の下に隠してあった小判を三枚、おれに出して、両親の敵《かたき》をとってくれと、こういったのだよ」

お仲は、息を引き取る前に、小杉十五郎へ、

「もう、何も彼も、あきらめていたんですから、どっちでもいいんです。けれど、お前さまが、もしも、こうやって死んで行く私を可哀相《かわいそう》だと、おもって下すったら……両親《ふたおや》の敵をとって下さいまし。そのことをおもうと、私、死んでも死にきれません。うそでいいから……ねえ、うそでもいいから、敵討ちをしてやると、いって下さいまし」

そういったというのだ。

くわしい事情を語るには、いまや息絶えようとするお仲の、気力も体力も、それをゆるさなかった。

母親は、その敵のなぶりものにされたあげく、自殺してしまい、父親は、一年前に病死をしてしまったというが……その父親の病気を癒すために、お仲は身を売ったのである。

父親は、亡くなる一《ひ》と月前に、千住の〔槌屋〕へあらわれ、お仲に面会をし、

「憎い敵の、山崎宗伯を坂本の通りで見かけたので、後をつけて、その住居《すまい》を見とどけた」

と、宗伯の、いまの屋敷がある場所を、お仲に語り、

「病気を癒し、きっと、わしは、宗伯めを殺してやる」

と、いった。

そこまで語るのが、お仲には、やっとのことであった。

「最後に、また血を吐いてな。その血が喉にからみ、息絶えたのだ。おれもな、そうなると、どうも、捨ててはおけぬ気がしたのだよ。お前さん方は、奇妙な奴だと、おもうかも知れないがね」

そういって小杉十五郎は、ふっと何やら、さびしげな笑いをうかべた。

十一

この日。藤枝梅安は、小杉十五郎を品川台町の自宅へつれて行くことにした。

それは、十五郎が、こんなことをいい出したからである。

「……どうもな。このごろ、おれの後をつけまわしている奴がある。おれも、このところ、気が急《せ》いて来てな。前に、橋場の料理屋へ、伊豆屋長兵衛の名をつかって呼び出したとき、殺《や》り損《そこ》ねたものだからな。お前さんと間ちがえてね。ふっふふ……伊豆屋は、二度ほど宗伯の屋敷へ来たが……さようさ。伊豆屋の名をつかったのは、前に一度、宗伯の屋敷から出て行くところを見かけ、本所の店までつけて行き、たしかめたのだ。宗伯め、めったに外へ出ないものだから、おびき出そうとして、伊豆屋のことを探ったのだ。すると、橋場の〔井筒〕へ行くのを見かけたことがある。立派な風采《ふうさい》の侍二人を客によんだらしい。これは伊豆屋の、なじみの料理屋らしいと見て、すぐに、伊豆屋の名前で宗伯に呼び出しをかけたのだよ。使いに出したのは、この店〔鮒宗〕の亭主だ。きちんと着物をつけさせ、伊豆屋の手代に化けてくれてな。そうとも、ここの亭主はな、一皮むけば相当のやつだよ。

さ、そこでだ。あのとき、失敗《しくじ》って以来、宗伯め、妙な浪人どもを抱えこみ、いささかの油断もない。と申して、こいつ、まさか屋敷へ斬りこむわけにも行かぬしなあ……え？　……

そうか、やはり逃げられたら、おしまいということか……おれも、そうおもった。それでな、じりじりしながら、この辺を見まわっているのを、宗伯の手の者が気づいて、おれが住んでいる荒《あば》ら屋《や》をつきとめたらしい。それでなくて、先夜のごとく、おれが万七から出るところを待ちうけて斬りかかるわけがない。

おれもな、一人法師《ひとりぼうし》なのだが、下手《へた》なまねをしては迷惑をかけるお人もないではないのだ。だから、人知れず、山崎宗伯を斬ってしまいたい。いや、こういうことは実に、むずかしいものだな、梅安さん」

小杉十五郎は、浅草・元鳥越に〔奥山念流《おくやまねんりゅう》〕の道場を構《かま》えている牛堀九万之助《うしぼりくまのすけ》のもとで、老師の牛堀を助け、門人たちへ稽古《けいこ》をつけてやり、牛堀から報酬《ほうしゅう》を得ているらしい。

牛堀九万之助は人格も立派で、その道場は構えが小さくとも、江戸の剣客の間では、だれ知らぬものはないほどだということを、藤枝梅安も後になって知った。

それだけに、十五郎もうかつなまねはできない。

「何とかして、人知れず宗伯を……」

と、このところ、気があせるばかりだそうな。そこで梅安は十五郎を自宅へ泊めることにし、彦次郎へは千住の〔槌屋〕へ行ってもらい、亡くなったお仲のことを探ってもらうことにした。

「彦さん。きっと、その、お仲と気の合った妓《おんな》が一人や二人は居るにちがいない。それに、身の上ばなしをしていないものでもない。うまく、たのむよ」

「まかせておいてくれ、梅安さん。どうも何だね、ひょんな横道へ逸《そ》れてしまいそうだ」

「なあに、行先はつながっている」

「ときに、小杉さんをつれて行って大丈夫かね？」

「うむ。後をつけている奴がいれば、こっちで見つけ出し、捕まえて、泥を吐かせてもいいしね」

「こいつはどうも、仕掛人らしくねえ荒っぽさだ」

「たまにはいいさ、彦さん」

いつもの仕掛けとは異《こと》なる興奮《こうふん》が、梅安にも彦次郎にもある。それは、小杉十五郎という何やらおもしろげな浪人剣客が、二人の組合せの中へ一枚加わったからであろうか……。

〔鮒宗〕から、先ず、彦次郎が先へ出た。

ついで、小杉十五郎が出て行き、しばらく間を置いて梅安が出た。

〔鮒宗〕の亭主・宗六《そうろく》が、板場から顔を出し、ぶあいそうに梅安へ頭を下げた。なるほど一《ひと》癖《くせ》ある面《つら》がまえである。

曇っているだけに、夕闇が濃さを増し、すこし肌寒かった。

梅安は前もって、十五郎に品川台町への道順を教えておき、二人は前後して、たがいの尾行者に気をつけることにきめた。小杉十五郎は、江戸の地理にくわしい。

「おれの死んだ親父どのは、もと、大和《やまと》・高取《たかとり》二万五千石、植村駿河守《うえむらするがのかみ》の家来でな。ところがこいつ、おれの父親だけあって、大変な短気者で、何か気にくわぬことがあったかして、江戸家老の頭をなぐりつけてしまい、それで、お暇《いとま》が出た。おれが七つのときだったが……それからずっと、こうやって、江戸にこびりついているのだよ」

十五郎は、そう語っている。

こうして、藤枝梅安と小杉十五郎は、前後して品川台町の家へ着いた。

この間、梅安は、かなり神経をつかい、尾行者に気をつけていたのだが、

「何事もなかったようですな、小杉さん」

「さよう」

と、いうことになった。

しかし……。

だが、しかし、千住へ行った彦次郎が尾行されていた。むろん、彦次郎も油断はしなかったろうが、坂本から千住の近距離であった上に、おそらく相手は、二人以上で組み、巧妙に後をつけて行ったものとおもわれる。

そして翌朝。千住から町駕籠を飛ばし、梅安の家へやって来た彦次郎は、当然、尾行されていたにちがいない。そうとしか、おもえなかった。なぜなら、梅安と十五郎が、あれだけ神経をくばり、尾行者を捕えようとかかっていたのだから、こちらのほうは、いかな相手で

も、手が出なかったと見てよい。

十二

彦次郎は客として〔槌屋〕へ泊り、こころづけをたっぷりとはずみ、相手の妓にきいてみると、果して、お仲が親しくしていたお吉《きち》という妓がいた。そこで彦次郎は、お吉をよんでもらい、

「おれは、お仲の父親と、むかし友だちだったのだ」

と、いい、まじめ顔で、お吉から、はなしをさそい出した。もっとも、お仲は、くわしく事こまかに、お吉へ身の上を語ったわけではない。

「お仲さんが、この店へ来たのは二年前で、そのときから、もう躰がよくなかったものだから……私も、病気で死んだ妹のことをおもい出してねえ。それで、まあ、世話をやいたものだから、私にだけはなついていましたよ。けれど、これといって、くわしいことは……ただ、二度か三度、たまりかねたように冷酒《ひやざけ》をあおって、こんなことを、私だけに……」

その、こんなことは……。

一、お仲の父・園田《そのだ》伊作《いさく》は、上州・沼田三万五千石、土岐《とき》山城守《やましろのかみ》に、足軽奉公をしてい、

お仲を生んだ妻お種《たね》は、沼田城下の足軽長屋でも評判の美女であったこと。
一、当時、山崎宗伯は沼田城下で町医者をしており、これが、お種をさそい、姦通《かんつう》をしたあげく、捨て去ったこと。
一、その後、お種は首を吊って自害した。腹に宗伯の子を宿《やど》していたからだ。この間、園田伊作は沼田藩が幕府から命じられた課役《かえき》のため、江戸藩邸が人手不足となったため、同僚たちと江戸へ出張していたらしい。
一、お種の自殺後、うわさがひろまって、山崎宗伯は沼田から逃げ、ついで園田伊作は沼田藩を放逐《ほうちく》され、幼なかったお仲をつれて放浪の身となった。妻の不始末の責《せ》任を負ったわけである。
一、諸方をながれ歩いた末に、伊作は、四年前から江戸へ来て、坂本裏町の長屋へ住み、重病にかかるまでは、左官《さかん》の壁土《かべつち》をこねる下働きに雇われたり、人夫をしたりしながら、半ば絶望的に、山崎宗伯を探していたこと。
およそ、これだけのことが、彦次郎の耳へ入った。

「そういう奴が、いまは、あんなに立派な屋敷へ入って、怪しい暮しぶりをしているというのは、山崎宗伯という医者。いよいよ捨ててはおけないねえ、梅安さん」

彦次郎が、そういうと、

「うむ……」

うなずいた藤枝梅安が、にんまりとして、

「ちょいと、赤坂まで行って来る」

早くも、腰をあげた。

「赤坂へ、何をしに？」

「まあ、彦さん。帰ってからはなそう。それまではお前、小杉さんと二人で、何か、うまいものでもこしらえて、いっぱい飲《や》っていておくれ。もうじきに、おせき婆さんが来ようから、何でもいいつけたがいい」

このごろ彦次郎は、おせきともすっかり、顔なじみになっている。

梅安は、家を出ると、歩みを速めた。

雨が降りそうでいて、降りそうもない、空模様であった。

これから、赤坂の今井まで、梅安は出向くつもりでいる。

赤坂の今井には、沼田藩主、土岐山城守の下屋敷（別邸）がある。

どこの大名屋敷でもそうだが、ことに下屋敷の中間部屋《ちゅうげんべや》は、夜になると博奕場《ばくちば》になってしまう。種々雑多な人間が出入りをして博奕を打つのだが、家来たちは鼻薬《はなぐすり》を嗅《か》がされ、見て見ぬふりをしているのが、このごろでは当然のこととされているのだ。

その中間小頭《こがしら》をつとめ、土岐屋敷の中間部屋を牛耳《ぎゅうじ》っている富五郎《とみごろう》というのを、梅安はよく知っている。土岐家の下屋敷の博奕場へ通ううち、親しくなったもので、富五郎が胃病を患《わず》らったとき、梅安は、お手のものの鍼で癒してやったことがある。

五十にもなって、女房も子もなく、気の荒い渡り中間どもを一手に束《たば》ねているだけに、いざともなれば、侍たちの刀の抜身《ぬきみ》の中へも素《す》っ裸《ぱだか》で飛びこもう、と、いうほどの男であった。

土岐屋敷へ着いて、富五郎を呼び出すと、すぐに出て来た。

「なあんだ、梅安先生。妙な時刻《とき》においでなさる」

「ちょいと、お前さんに用があってね」

「なんなりと、いって下せえ」

「出て来られるかね？」

「いいともね」

すぐ近くの市兵衛町《いちべえちょう》に〔笹岡〕という、上品な蕎麦屋がある。

梅安は、ここの二階座敷へ富五郎をつれこみ、酒が来てから、小判で三両を紙に包んだものを出し、

「富さん。しばらく、無沙汰《ぶさた》をしているから、みんなに、いっぱい飲ませてやっておくれ」

「これはどうも……すみませぬねえ、先生」

「さ、そこで富さん……」

「なんでも、いって下せえ」

「つまらぬことをきくが……以前、沼田の御城下にいた足軽で、園田伊作という者のことを耳にしたことがあるかね？」

「え……ああ、女房を町医者に寝取られた男ですよ、先生」

と、富五郎は、当時のうわさを、おぼえていて、

「あの、山崎宗伯という町医者には、沼田の女たちが、ずいぶん引っかけられ、泣き寝入りをしているときいていますよ。まあ、これはうわさだが、御家中《ごかちゅう》の御新造《ごしんぞ》なども、その中にいるとか、いねえとか……」

「ほほう……」

「おもえば、園田伊作という人も気の毒でしたよ」

あの事件は、沼田藩でも、かつてなかったことだけに、国もとのうわさがそのまま、江戸藩邸へもひろまったらしい。

「先生は何で、そんなことを、お尋きなさるので？」

「園田伊作が病死してな。ふとした縁で、私が死水《しにみず》をとってやったものだから……」

「ああなるほど。それはそれは……」

「ま、のもうじゃないか」

「へい、へい」

足軽小頭・富五郎が語ったことは、お仲が朋輩《ほうばい》のお吉へ語ったことから、ほとんど出ていなかったけれども、一つだけ、藤枝梅安を緊張させたことがあった。

それは、

「なんでも、その山崎宗伯というやつに、実の兄がいて、そこへ、ころげこんだのではねえか、と、当時、うわさが立っていました。土岐様でも、逃げた宗伯を捕まえて、こらしめてやりたいとおもったらしいが……その、宗伯の兄が奉公をしている先が先だものだから、まあ、目をつぶっておこう、そのほうがめんどうになるまい、と、こうなって、見逃がしたらしい」

「宗伯の兄は、侍だね?」

「へい」

「どこの御家中なのだ?」

「名前は長兵衛とか、きいていましたがね。へい、山崎長兵衛……」

梅安の胸がさわいだ。その胸さわぎを、彼はすこしも顔にあらわさぬ。

「いってもいいか、どうか……内密《ないしょ》ですよ、梅安先生」

「いいとも」

「耳を貸して下せえ」

「こうか……」

富五郎が梅安の耳へ、何か、ささやいた。

宗伯の兄・山崎長兵衛が奉公をしている大名の名前をである。

それは……。

大名も大名、将軍家とも深い関係のある、町家の子守り女でさえも名を知っている大大名《おおだいみよう》であった。

富五郎と別れて、品川台町へ帰る藤枝梅安の胸には、

〔山崎長兵衛〕

と、

〔伊豆屋長兵衛〕

とが、しだいに、ひとりの人間となってしまい、どうしても、はなれなくなってきたのである。

自宅へもどると、梅安は、小杉十五郎と酒を酌《く》みかわしていた彦次郎に、こういった。

「彦さん。私は明日、札掛の元締に会うよ。とにかく、二、三日は、小杉さんと二人で、此処に凝《じつ》としていておくれ」

十三

翌日の午後。藤枝梅安は町駕籠で神田へ出た。

昌平坂を下り、湯島横丁を入った右側にある〔森山《もりやま》〕という鰻屋《うなぎや》の二階座敷へあがって、用意の結び文を、森山の若い者にたのみ、本郷六丁目に住む香具師《やし》の元締・札掛の吉兵衛へとどけさせた。

この〔森山〕は、吉兵衛の息がかかっている店で、梅安のほうから急の連絡をするときは、いつも此処から吉兵衛のところへ使いを出すことになっている。

とっぷりと暮れきってから、吉兵衛がやって来た。

「これあ先生。お待たせをいたしました。ちょいと野暮用《やぼよう》で出ておりましたので、すっかり、おそくなってしまいまして……」

「いや、かまわないのだ、元締」

梅安は、利根川下りの鰻を焼かせて、もうたっぷりと酒が入っていた。

「私も、あとで、大きいのをもらおうかね」

と、吉兵衛が座敷女中にいった。

女中が出て行くのを見すまして、

「先生。何か、仕掛けのことで？」

「うむ……」

「何か、やりにくいことでも？」

「まあ、ね」

「そいつは、いけねえ。先生にやっていただかないと、あの仕掛けは、ほかにやる者がいねえ」

「元締は、いつも同じことをいう」

「いわないとは申しませんが、今度ばかりは、やっぱりどうも、先生のほかには……」

「半金を受け取ったからには、たとえ、私があの世へ行ってもやる」

「ありがとう存じます」

「やるにはやるが、いろいろと仕掛けのまじないをしているうちに、ぜひとも一つ、元締に尋いておかねばならぬことができたのだよ」

〔まじない〕というのは、準備ということだ。

「……と、申しますと？」

「元締も、よく知っていような。今度の仕掛けがむずかしいことを……」

「え……そりゃあ、まあ……」

「伊豆屋長兵衛は、寸分の隙《すき》も見せぬ」

「ふうむ……」

「そこでな……」

「へ……?」

「私も、いろいろと手をまわし、こみ入った仕掛けをせぬことには、人知れず長兵衛をあの世へやることは、むずかしい」

「ごもっともさまで……」

「元締と私との間だ。つきあいも、浅くはない」

「さようでござんすともね」

「私のことは、じゅうぶんに信用していなさるだろうね?」

「それでなくては、こんな仕掛けを、おたのみできるわけのものじゃあございませぬよ」

「仕掛人は、蔓《つる》のお前さんを信用して、くわしい事情を知らぬが定法《じょうほう》なのだが……」

「はい、はい」

「そこを曲げて、一つだけ、元締に返事をしてもらいたい」

札掛の吉兵衛の、しわの深い老顔の一部がひくりとうごいた。その瞬間に梅安を見やった吉兵衛の細い眼の青白い光りは、日ごろ、吉兵衛が、

「めったに見せぬ……」

ものであった。

それから吉兵衛は両眼を閉じ、ちょっと考えていたようだが、

「よろしゅうございます」

うなずいて見せた。

「私のいうことが本当なら、うなずいてくれればよい。ちがっていたらくびを振ってくれればよい。それだけでよいのだ」

「はい」

「よし。では尋こう。私が元締から仕掛けをたのまれた伊豆屋長兵衛は、以前の名を山崎長兵衛といった。そうだね?」

一瞬、札掛の吉兵衛は瞑目《めいもく》したが、すぐに、はっきりと、うなずいて見せた。

「ありがとう、元締。これで仕掛けが、すこしでもやりやすくなった」

「それだけで……あの、いいのでございますかえ?」

「結構だ。よく、打ち明けて下すった」

「それにしても、さすがは梅安先生だ……」

「どうして?」

「よくも、そこまで、お探《さぐ》りなすったもので……」

「一度、元締も仕掛人になって見なさることだ。苦労がわかるよ。うふ、ふふ……」

「そうおっしゃられては、返すことばがございませんよ」

そこへ、新しい酒と鰻が運ばれて来た。

女中を出て行かせ、梅安が吉兵衛へ酌をしてやりながら、さり気なく、こういった。

「ときに元締。あんたは、宗伯先生という人を御存知か?」

「そうはく……なんです、その人は?」

「いや、なんでもないのだよ。知っていなさるかとおもって、ね」

「いいえ、きいたことのねえ。そのお人は、先生と御同業の……何かの医者でございますかえ?」

ほんとうに吉兵衛は知らぬ、と、梅安は見た。もし知っているなら〔山崎〕の姓を口にせず、何らかのただ〔宗伯〕といっただけでも、吉兵衛は反応をしめすはずだったからである。

梅安は、たくましい食欲を見せて、熱い鰻を頰張《ほおば》りながら、

「なあに、その人は学者なのだよ」

といった。

十四

ちょうど、そのころであった。

入谷の、山崎宗伯邸の奥の一間で、宗伯と伊豆屋長兵衛が密談をしている。

二人の声を、きいてみよう。

二人の口調は、この前、〔井筒〕の女中・おもんが耳にはさんだものとは、まるで、ちがっている。

「いずれにせよ、宗伯。相手方の居処《いどころ》を突きとめることができたのは、よかった」

「それも兄上のお指図で、こころのきいた男たちを、こちらへ、さしまわして下されたからですよ。うちの剣術遣いどもでは、人を斬ることはできても、気取られずに、うまく後をつけることなど、とてもとても……」

「それで宗伯。前に、おぬしの後をつけまわしていた浪人者も、その、品川台町の鍼医者の家に、まだ居るのか？」

「さようなので」

「いったい、何者どもなのかな？」

「先日。あの浪人が、坂本の通りで、その鍼医者と、もう一人の男と三人で、あの辺りの店の二階座敷で、かなり長い間、はなしこんでいたと申します」

「ふうむ……」

「しばらくして、出てまいりますと、浪人と鍼医者と一緒にどこかへ行き、このほうは、いささかも油断がなく、後をつけた者も手を出しかねて、ついに、見うしなってしまいましたので……」

「それで、よく、鍼医者の家がわかったな？」

「さ、そこでございます。兄上。もう一人の男の後も、ぬかりなくつけて見ましたところ、これは、千住へ行き、槌屋という店で妓を買い、一晩泊り、翌朝、出てまいりました。その後をつけて行きますと、品川台町の鍼医者の家へ入ったのだそうで」

「そこに、鍼医者も浪人も、いたというのか？」

「はい」

「ふうむ……」

「いずれにせよ、兄上がまわして下された者たちは、いずれも腕ききぞろいゆえ、こころ強うございます。あの者たちは、いったい、どこの……？」

「両国にな、羽沢《はねざわ》の嘉兵衛《かへえ》といって、大層《たいそう》羽ぶりのよい香具師《やし》の元締がいる。その配下の者たちだ。ああした連中は、こういうことに打ってつけでな。いろいろと便利なのだ。何事も金しだいでうごく。そのくせ、秘密が決してもれることはない」

「ははあ……兄上は、よく、そのようなことを御存知で……」

「腹違いの弟の、おぬしとはちがうわえ。わしはな、何十万石もの大名家の内証《ないしょう》にはたらいていたものじゃ。大人と子供のようなものよ」

こういって、じろりと伊豆屋長兵衛が見やると、山崎宗伯は青ざめて、面《おもて》を伏せてしまった。

「むかし、沼田城下で、あのような不始末《ふしまつ》を仕出かし、わしのもとへころげこんで来たとき、おぬしは、すこしも変っておらぬ。この屋敷にも、女がいるらしいな。まだ、女に懲《こ》りぬのか、宗伯」

叱られて、うなだれていた宗伯が、このとき、奮然《ふんぜん》と顔をあげ、

「兄上の御役にも、私は立っておりますぞ」

と、いいはなった。

長兵衛は苦《にが》く笑い、しずかに煙草盆を引き寄せた。

「私が……私が、長崎で手に入れましたオランダわたりの秘蔵の毒薬《どくぐすり》を、兄上は、どのようにおつかいなされた、か……」

「御家《おいえ》のためにじゃ。そのかわり見よ。わしは六代もつづいての御奉公をあきらめ、このように、商人《あきんど》となり下ってしもうた……」

「そのかわり、金蔵《かねぐら》には、金が唸《うな》っておるではござらぬか」

伊豆屋長兵衛は、こたえに代えて舌打ちをもらし、煙草のけむりを吐いた。

ここは、茶室めいた小さな座敷である。

これまでは、森閑《しんかん》としずまり返っていた夜の気配が、微《かす》かに音をたてはじめた。

「雨じゃ、な」

つぶやいた長兵衛が灰吹きに煙草の吸殻《すいがら》を落し、

「いずれにせよ、いのちをねらわれているのは宗伯、おぬしじゃ。わしではない。おぬしは身におぼえがないと申しているが、女たちの怨《うら》みが積もり重なっているおぬしゆえ、どこで、だれが……」

いいさして、ふと黙りこんだ長兵衛が、ややあって、鋭い眼つきになり、

「おぬしも、亡き父上の血を分けた男じゃ。このたびだけは、わしが父上に免じて始末をしてつかわそう。なれど、それから後のことは、もう知らぬ。よいか、そうおもうていてくれ」

「兄上、毒薬の一件も、お忘れになるつもりでござるか？」

「知らぬ」

「私は、いつまでも忘れませぬぞ」

「好きにいたせ。お前もいまは、このような立派な屋敷に住み暮し、酒にも女にも、不自由をせぬ。そのところを、よく考えて見ることじゃな」

そういったときの伊豆屋長兵衛は、ものやわらかで、おだやかな、いつもの口調にもどっていた。

「ただひとつ、気にかかるのは、わしの名を騙《かた》って、おぬしを橋場の井筒へ呼び出した男のことじゃ。あの夜は、何事もなかった。それも妙な……あの男は、おぬしをつけまわしてい

た浪人とはおもえぬ。もし、かの浪人ならば、おぬしは斬り殺されていたはずじゃ」

「あのころは、平気で、ひとり歩きをしておりましたものな」

「わしと、おぬしの関《かか》わり合いを知っている男、だとすると……」

「兄上。やはり、そのことが気がかりになっておられるようでござるな」

ふてぶてしく、山崎宗伯が、

「こうなっては、私と兄上をむすびつけている糸は、もう決して、いつまでも切れるものではございませぬよ」

「ずいぶんと、おぬしには、大金をまきあげられたわえ」

「それが、どうしたと申されます？」

「ほ……今夜は、妙に気が強《きつ》いのう」

「何とでも、いうて下され」

「この屋敷に、おぬしの身をまもる浪人どもは、何人おる？」

「五人でござる」

「よし。その五人を手ばなさず、屋敷にこもっておれ。いますこしの辛抱《しんぼう》じゃ。これより後は、わしが引きうけよう」

「まことに？」

「三人が、一つ家にいるとわかれば、いかようにも仕様がある」

「兄上……」

「落ちついておれ。では、帰る」

「ごぶれいを、いたしまして……」

山崎宗伯は、たちまちに虚勢《きょせい》がくずれ、そこへ両手をつき、

「兄上。何とぞ、お見捨てなきよう……お見捨てなきよう……」

と、泣くような声を出した。

十五

その日。

朝から、空は真青《まっさお》に晴れあがり、自分の家と小川をへだてた北側の、丘上《きゅうじょう》の社殿を囲む雉子《きじ》の宮《みや》の社の木立から、松蟬《まつぜみ》が鳴き揃《そろ》ってくるのを凝《じっ》ときいていた藤枝梅安が、

「彦さん……もっと、ゆっくり、手間をかけてやるつもりでいたのだが……こいつどうも、早いうちに片づけてしまったほうがいいような気がする」

つぶやくように、いったものだ。

彦次郎は、梅安の側へ寝そべり、煙管《きせる》の掃除《そうじ》をしている。

二人は、伊皿子《いさらご》の魚や・久七《きゅうしち》がとどけてくれた鰹《かつお》の片身《かたみ》を刺身にし、溶芥子《ときがらし》をそえ、遅

い昼飯をすませたところであった。

彦次郎は中落《なかおち》をうまくこなし、酒・醬油・味醂で鹹目《からめ》に煮つけ、

「晩めしのときには、あいつを骨までしゃぶるのが、たのしみだねえ、梅安さん」

煙管をいじりつつ、眼を細めたところへ、梅安のつぶやきをきいた。

「片づけるって……どっちをだね?」

「そりゃあ彦さん。私が、札掛の元締から仕掛けをたのまれたのは、伊豆屋長兵衛のほうだ」

「山崎宗伯のほうは、どうするね?」

「長兵衛を片づければ、おのずと、小杉十五郎さんも、仕掛けやすくなるだろうよ」

「なるほど」

その小杉十五郎は、今朝早く、

「久しぶりに、顔を見せて来る。牛堀先生も心配していなさるだろうから……」

と、代稽古《だいげいこ》をつとめている牛堀道場へ出かけて行き、留守であった。

「で、梅安さん。早いうちにとは、いつのことだえ?」

「今日さ」

「ええっ……」

さすがの彦次郎も、これにはびっくりしてしまい、

「今日って、お前さん……いったい、どんなふうに、仕掛けるのだね？」

不安そうに、問わずにはいられなかった。

すると梅安は、微かに笑った。

口もとだけが笑っている。大きく張った額の団栗《どんぐり》のような小さな眼は笑っていず、光りが凝《こ》っていた。

「ねえ、彦さん。小杉十五郎さんは、はじめ、山崎宗伯と私を、間ちがえて斬ろうとした」

「ふむ、ふむ……」

「宗伯と私は、顔は似ていないが、躰つきも似ているし、ともに医者の風体《ふうてい》をしている」

「あ……」

「すこしは、のみこんだようだね、彦さん。それにさ、長兵衛は本所の、自分の家へ弟の宗伯を決してよばぬらしい。会うときは、いつも、宗伯の家へ出かけていくか、別の場所で落ち合うか、だ」

「ふむ……」

「どうだね？」

「ふむ……ふむ、ふむ……」

そして、それから半刻《はんとき》後に、梅安・彦次郎の二人は、品川台町の家から消えていた。

このときも、どこかで、梅安の家を見張っていた伊豆屋長兵衛の手の者がいたはずである。

梅安も彦次郎も、そのことを夢にも知らずに出て行ったのだが、二本榎から高輪台町の横道へ切れこむや、

「それでは、彦さん。たのむよ」

「合点《がってん》だ」

ぱっと二手に分れ、寺院の多い町の曲がりくねった細道を、それぞれ別の方角へ急ぎ足に去った。

こういう場所の上に日中でもあまり人通りが少ない。尾行者にとっては、まったく厄介《やっかい》なところで、前に梅安が小杉十五郎をつれて自宅へ帰ったとき、坂本から二人の後をつけて来た奴も、高輪北町から二本榎へ出る細道で、二人を見うしなってしまったのであろう。

さて……。

この日の、五ツ（午後八時）ごろであったろうか。

本所竪川通り花町の蠟燭問屋・伊豆屋長兵衛方の前へ、一挺《ちょう》の町駕籠がとまった。

竪川沿いの、この通りも花町の辺になると両国寄りのにぎやかさはなく、夜に入れば、たちまちに表の戸を下ろしてしまう。

町駕籠の中から、ぬっとあらわれたのは、いかにも町医者然《ぜん》とした風采《ふうさい》の藤枝梅安である。

梅安は、伊豆屋の戸を叩き、

「もし……もし……、どなたかおらぬか。どなたか出て来て下され、たのむ。たのむ」

と、声をかけた。

町駕籠には頭巾をかぶった侍が一人、つきそっていた。

表の大戸を下ろしたとはいえ、まだ、夜ふけではない。

店には、まだ、番頭もいれば、手代、小僧もいて、算盤《そろばん》をはじいたり、帳面をつけたりしていたものだから、手代の幸太郎という若者が、

「はい、はい。どなたさま？」

気軽く、土間へ下りた。

伊豆屋は他の商家とちがい、あるじの長兵衛の身をまもる屈強の男たちが四人もいるのだ。

手代の幸太郎が、潜戸《くぐりど》を開けると、梅安が、

「あるじどのに、おつたえ下され。わしは宗伯と申す医者でござる。急ぎの用事が出来たので、やむを得ずにまかり出た。法恩寺橋《ほうおんじばし》・東詰の巴屋《ともえや》で、お待ちしていると、な」

「あの、もし……」

幸太郎がいったときには、梅安早くも町駕籠へ半身をすべりこませつつ、

「わしの姿かたちを、見たままに、あるじどのへおつたえ下されば、ようわかる。では、た

のみましたぞ」

と、声を投げた。

さっと駕籠があがり、ひたひたと東へ遠去かって行くのを、幸太郎は呆気《あっけ》にとられて見送った。

十六

幸太郎は、すぐさま、大番頭の豊五郎に、このことをつたえた。豊五郎は、もと、上野広小路の蠟燭問屋・駿河屋《するがや》太十郎《たじゅうろう》方の番頭だったのを、山崎長兵衛が開業したとき、大金をあたえ「ぜひにも……」と、引きぬいた男であった。

豊五郎は幸太郎をつれ、奥深いところにある主人・長兵衛の居間へおもむいた。

長兵衛には、後《のち》ぞえの妻・もよと、その間に生まれた十七と十五になる二人のむすめがいて、これは、さらに奥の部屋にいるはずだ。先妻は、十年も前に病歿してい、二人の間に生まれた男子は早世していた。

「お前から、申しあげなさい」

と、大番頭にいわれた幸太郎が、梅安にいわれたとおりを、長兵衛へつたえた。

「宗伯といったのだな、たしかに……ふむ、苗字《みょうじ》は何ともいわなかったというのか、ふむ……」

「はい。坊主あたまの、立派な姿の、躰の大きな、お医者さまでございましたが……」

「そうか。それで、供の者をつれてはいなかったか？」

「はい。頭巾をかぶった、お侍がひとり、駕籠のそばに、つきそっておりましてございます」

「そうか、よし。二人とも下ってよい。そうじゃ、駕籠由に、いつもの駕籠をたのんでくれ」

「これから、お出かけに……」

「なに、すぐにもどる」

すぐに、小僧が潜戸《くぐりど》から飛び出し、本所元町の〔駕籠由〕へ走って行った。

そのとき、藤枝梅安は北辻橋《きたつじばし》のたもとで町駕籠を帰し、つきそっていた頭巾の侍と共に、横川《よこかわ》沿いの道を左へ曲がっている。

「ええ、畜生め。重たいったらねえ」

と、侍がいい、腰の大小を引きぬき、梅安へわたし、頭巾と羽織をかなぐり捨てて、暗闇の横川へ投げこんだ。

この侍は、なんと、仕掛人・彦次郎だったのである。

「彦さん。先へ行ってくれ。打ち合わせたことを間ちがえるなよ」

「梅安さんこそ、しっかり、たのむぜ」

「一か八《ばち》だ。うまく網へ引っかかってくれるといいがね」

「だめだったら、何度でも、やり直せばいいさ」

「ちがいない」

そのころ……。

伊豆屋長兵衛は、居間で身仕度にかかりながら、いつも供につれている二人をよんでいた。この二人は、長兵衛が武士として大名奉公をしていたときの家来で、長兵衛の退身するや、後にしたがって来て、いまは主人同様町人になったわけだ。二人とも三十前後で、まだ妻子も持たず、絶えず長兵衛につきしたがっている。

「宗伯め、ここへ来てはならぬと申したに……いったい、何事が起ったものか……」

いまいましげに長兵衛が、そういってから、

「ときに、今夜、かの品川台町の鍼医者の家のほうは、羽沢の嘉兵衛が間ちがいなく手配しているのだろうな?」

「はい。三人とも留守をさいわい、腕ききの剣客四人を、あらかじめ家の中へひそませ、帰って来る三人をつぎつぎに討ち取ることになっております」

「そうか、それならよい」

「元締の、羽沢の嘉兵衛も、今度こそは、と申しておりました。この前の三人が、あまりに

も呆気なく、返り討ちになりましたので、嘉兵衛も今度は念を入れたらしゅうございます」

「ふむ。また金をせびられるのう」

苦く笑って伊豆屋長兵衛が、

「香具師の元締なぞに関わり合うと、一生つきまとわれるというが……なに、いずれは羽沢の嘉兵衛も……」

不気味にいいさしたが、

「さ、まいろう。法恩寺橋の巴屋だそうな」

二人をしたがえて、居間を出た。

法恩寺橋の巴屋は、江戸でも名の通った料理屋である。弟の山崎宗伯が巴屋で酒食をするなど、これまで一度も耳にしたことがない伊豆屋長兵衛だったが、手代・幸太郎のことばをきき、一も二もなく、宗伯が来たのだと信じきってしまった。

品川台町の鍼医者のことは、報告をうけていたけれども、長兵衛も宗伯も、それがまさか、仕掛人だなどと、おもってもみなかったろう。

長兵衛は弟・宗伯から毒薬をひそかにゆずりうけ、これを用《もち》いて、旧主人を毒殺している。ただの主人ではない。天下の徳川将軍にも血がつながっている五十余万石の大守《たいしゅ》をである。

家老だけでも十人ほどいる大名家であった。その家老の中の三人に、長兵衛は秘密を打ち明けられ、毒殺計画をねりあげた。現在、この計画に加わった奥女中一名、御膳番《ごぜんばん》の藩士一名、その他四名は、すべて、人知れず、つぎつぎに暗殺されている。それも長兵衛が手配をした。

そのかわり長兵衛は、莫大な金を得て、主家を三年後に退身した。

毒殺されたということは、だれにもわかっていたが、いつ、だれが、どうしてやったのかは、いまもって不明である。

毒殺された藩主の跡目《あとめ》は、三人の家老の思《おも》わくどおり、藩主の腹ちがいの弟がつぎ、それが現在の〔殿さま〕なのである。

現在、三人の家老の羽ぶりは、すばらしくよい。

いずれにせよ、弟・宗伯のいのちをつけねらっているらしい浪人や、それを助けている者たちは、一刻も早く、片づけてしまわねばならぬ。

その理由は、伊豆屋長兵衛こと山崎長兵衛と弟・宗伯とを、かつて取り引きをした一服の毒薬がむすびつけているからだ。

いつ、どのようなことから、宗伯のみか自分へも、火の粉が振りかかって来るか、知れたものではないのである。

(宗伯を近いうちに、何とか、してしまわぬと、いかぬな……)

町駕籠にゆられつつ、長兵衛は、しきりに、そのことを考えている。

(近いうちに……近いうちに……)

二人の男に両脇をまもられ、長兵衛を乗せた町駕籠が、横川沿いの道を北中之橋を東へわたり、津軽越中守《つがるえっちゅうのかみ》・下屋敷の長い塀に沿って北へすすむ。

対岸の町家に、ちらちらと灯りが見えているだけで、横川の東岸は暗い。月も出ていなかった。

(近いうちに、宗伯を、早く、片づけて……)

長兵衛は両眼を閉じ、腕を組んでいた。

そのときであった。

何か、駕籠の外で妙な音がきこえた。

ぴゅっと、何かが闇を切って飛んで来たような……。

つぎの瞬間。

「うわ……」

「何者だ!!」

供の二人の叫びと、駕籠舁《か》きのわめき声が起った。

暗い横川の川面《かわも》を法恩寺橋の方から、音もなくすべって来た小舟から、つづけざまに円錐《えんすい》形《けい》の吹矢《ふきや》が細い閃光《せんこう》の尾を引いて、供の二人の面上を襲ったのだ。

どしんと、駕籠が地につき、

「人殺しイ……」

「た、助けてくれエ」

駕籠舁き二人が、駕籠を捨て、いま来た方へ泳ぐようなかたちで逃げた。

その二人の横合いを、風を切って走りぬけた大きなかたまりがあった。

「うわあ……」

駕籠舁きたちは、魔物だとしか、おもわなかったろう。振り返っても見ず、夢中で逃げた。

大きなかたまりが、

「何事だ？」

あわてて駕籠から半身を出した伊豆屋長兵衛へ、物凄い勢いでぶつかって行った。

「あっ……」

はね飛ばされるように、駕籠の外へころげ出た伊豆屋長兵衛の喉へ、ぷつりと、藤枝梅安の仕掛針が打ちこまれ、

「う……」

両手を投げ出して横ざまに倒れた長兵衛の盆《ぼん》の窪《くぼ》へ、早くも二本目の仕掛針が深ぶかとめりこんでいた。

「あっ……」

「曲者……」

供の二人は、ようやく梅安に気づいた。

しかし、舟の上から彦次郎が飛ばした吹矢に、二人とも顔から喉にかけて、数ヵ所を突き刺されてい、ふところの短刀を引き抜き、これを、よろめきながらめったやたらに振りまわすのが精いっぱいのところだ。

梅安は、長兵衛へ打ちこんだ仕掛針をそのままにしておき、身を起すや、猛然と供の二人を突き飛ばして走った。

川面の彦次郎は櫓《ろ》をつかって、巾二十間の横川をぐんぐんと南へすすむ。

一気に、梅安は、横川が竪川と合流するところまで走って、北辻橋の上に待ち構え、間もなく橋の下へさしかかった彦次郎の苫舟《とまぶね》の上へ飛び下りたのであった。

ところで……。

小杉十五郎が、品川台町の藤枝梅安宅へ帰って来たのは、それから半刻ほど後だったろう。

梅安と彦次郎が借りた小舟を、神田川沿いの船宿へ返し、夜道を歩いて帰途についた、そのころではなかったろうか……。

十五郎は、梅安の家の前まで来て、家の中に、明るく灯りがともっているのを見た。

(梅安どのと彦次郎が、何かまた、うまいものでも食べているのかな……)

にやりとして、玄関の格子戸《こうしど》へ手をかけると、これがするりと開いた。

「梅安どの。いま、帰った」

声をかけて、玄関の土間から板敷きの間へ踏み込んだ、そのとき、がらりと正面の襖が開くや、ものもいわずに抜刀した二人の男が、十五郎へ斬りつけて来た。

「う……」

飛び退《さが》った小杉十五郎の、みだれた体勢《たいせい》へ、いつの間にか玄関を引き開けて背後にあらわれた別の男が、十五郎の背に、

「うぬ!!」

白刃《しらは》を叩きつけた。

そして……。

藤枝梅安と彦次郎が、家へ帰り着いたとき、あたりに、血のにおいが生臭《なまぐさ》くただよっていた。

「おい、彦さん……」

「こ、こいつは大変だ」

「気をつけろ、彦さん……」

中へ、そっと入ると、

「梅安さんか……」

居間に、血だらけの小杉十五郎が横たわってい、板の間に、中年と若い浪人者二人が斬り殪《たお》され、死んでいた。

「二人、逃がした。おれもやられた。すまぬが手当をしてくれ。血止めだけは、なんとかしたがね」

その十五郎の声をきいたとき、梅安は、

（あ……大丈夫だ）

と、直感したものである。

十七

夏が、間もなく、すぎようとしていた。

その日の午後に……。

浅草・橋場の〔井筒〕で、三日ほどをすごした藤枝梅安が、ゆったりと歩いて、胸もとからたちのぼってくるおもんの移《うつ》り香《が》をたのしみつつ、赤坂の溜池《ためいけ》へさしかかると、向うから札掛の吉兵衛がやって来るのを見かけた。

「おお、元締」

「……梅安先生」

「どちらへ？」

「ちょいと、野暮用に……」

「私とは別の仕掛人に、仕掛けをたのみに行きなさる。どうだね、図星ではないかな」

「うふ、ふふ……それはさておき先生。この前の仕掛けのみごとさには舌を巻きましたよ」

二人は、溜池の前の道へ出ている〔白玉《しらたま》売り〕の屋台の前の縁台へ腰をかけ、白玉を注文した。

「おかげで先生。起《おこ》り（依頼人）が大よろこびでしてね」

「その起りの人は、いかめしい裃《かみしも》をつけていなさるのだろう？」

「うふ……へへ、へ……」

「御家の秘密をにぎる元《もと》家来、生かしてはおけぬというわけか……」

「へ、へへ……」

「その起りの人は……」

と、梅安が、通りをへだてて彼方にのぞまれる広壮な大名屋敷の大屋根を指し、

「あの大屋根の下にいるらしい」

「うふ、ふふ……」

「あの大名は、将軍さまの親類だそうな」

「へへ……うふ……」

「元締。今日は、よく笑うね」

「へへ、へへ、へ……。ああした大屋根の下には、得てして、いろんな毒をもった蛇が、とぐろを巻いておりましてねえ」

「裃をつけた蛇だね。そうした蛇は、得てして前ばかり見ている。うしろを見ないものだね」

「ごもっとも。まるで子供ですよ」

「そうか、子供かね」

「あんな連中が、この世の中を治めているのだから、まったくもって、なさけなくなりますねえ」

「ふ、ふふ……」

「おや、先生も、笑いましたね」

そこへ、白玉屋の老爺が白玉を運んで来た。

糯米《もちごめ》の粉を晒《さら》し、これを水で捏《こ》ねてまるめ、熱湯でゆであげ、冷水へ放って冷えたのを鉢に盛り、白砂糖をふりかけた白玉を口へ運びながら藤枝梅安は、七日ほど前に江戸を発《た》って東海道をのぼっているはずの小杉十五郎と彦次郎のことをおもいうかべていた。

山崎宗伯は、たのみにしている兄・長兵衛が謎の死をとげて以来、さすがに落ちつかず、不安にたまりかね、ついに、八日前の朝、江戸を発って大坂へ向った。

それを見張っていた彦次郎が、すぐさま、十五郎に知らせ、どうにか傷の癒《い》えた小杉十五郎につきそい、山崎宗伯を追って行ったのである。

梅安が、そういった。

「当分は、ごめんだね。元締への義理は果していするよ」

いいかけるのへ、

「ひとつ、新しい仕掛けを、おねがい……」

と、白玉を食べ終えた札掛の吉兵衛が、

「ときに、梅安先生……」

小杉十五郎と彦次郎が、江戸へもどって来たのは、それから半月ほど後のことだ。

品川台町の梅安宅へあらわれた二人は、出迎えた藤枝梅安に、にんまりと笑い、うなずいて見せた。

「ははあ。首尾《しゅび》よく、山崎宗伯をあの世へ送ったね」

と、梅安。

「鈴鹿《すずか》峠《とうげ》でね。用心棒の浪人五人を、小杉さんが、一人でみんな片づけちまったのにはおどろいたよ。梅安さん」

　すると、小杉十五郎が、

「それも、彦さんの吹矢の助勢があったからだ」

「それで、当の宗伯は？」

「小杉さんが、首をころりと落しちまってね……」

「ほほう……」

「これで、お仲も、うかばれよう」

「さ、二人とも足を洗って、おあがんなさい。ちょうど、鱸《すずき》のうまそうなのを、魚久《うおきゅう》が置いて行ったところだ」

梅安初時雨《はつしぐれ》

一

三日も、雨が降りつづいている。

今年は残暑がきびしく、夏が好きな藤枝梅安も、さすがに、うんざりしてしまったものだ。

裸になっても寝苦しかった夜な夜なが、つい先ごろまでつづいていたのに、雨になってからの冷えは、

(まるで、冬だ)

冬が嫌《きら》いな梅安は、なんと、戸棚の奥から泥行火《どろあんか》を引き出し、そこへ足を入れて寝ころびながら、夕飯後の一時《いっとき》を、とろとろと微睡《まどろ》んでいた。

手枕《てまくら》をしている梅安の肘《ひじ》のあたりに、今日、昼下りに大坂からとどいた手紙が投げ出して

あった。

差出人は、大坂の道頓堀《どうとんぼり》・相生橋《あいおいばし》北詰の料亭〔白子屋《しろこや》〕の主人《あるじ》・菊右衛門《きくえもん》である。

白子屋菊右衛門は、しごくおだやかな老人で、料理屋の商売も繁昌《はんじょう》している。しかし、裏へまわると、菊右衛門は諸方の盛り場を牛耳《ぎゅうじ》る香具師《やし》の元締《もとじめ》の一人で、大坂の暗黒街での彼の勢力には、

「はかり知れぬものがあってね。大坂の町奉行所でも、一目《いちもく》置いているほどだ」

いつか、梅安が彦次郎に語ったことがある。

こうした稼業は大坂も江戸と同じことで、白子屋菊右衛門も、事と次第によっては、大枚《たいまい》の金で〔殺人〕を請負い、これを〔仕掛人《しかけにん》〕に依頼することもある。

藤枝梅安が上方《かみがた》にいたとき、白子屋菊右衛門とは、

「切っても切れぬ……」

間柄であった。

菊右衛門は、手紙で、こういって来た。

「……今度は、どうしても、梅安さんにやってもらわなくてはならぬことになった。むかしのよしみで、ひとつ、引きうけてはもらえまいか」

菊右衛門が、そういってよこすからには、その仕掛けの礼金は、おそらく、百両を下るまい。

（だが、めんどうな……）

いま、梅安は、鍼《はり》医者としての生活に、ひどく生甲斐《いきがい》をおぼえてきている。

亡き恩師・津山悦堂先生が、むかし、少年の梅安に鍼術《しんじゅつ》の手ほどきをしてくれながら、

「いまにな、さよう……あと、二十年もしたら、お前は、きっと、鍼をおぼえていてよかったとおもうにちがいない。そのころになると、来る患者という患者の、それぞれに異《こと》なった躰《からだ》の仕組み、病患のよし悪《あ》しが手にとるごとくわかるようになる。さ、そうなると、鍼医者がおもしろうて、おもしろうて、これはもう、金ずくの仕事ではなくなってくるのじゃ」

そういった言葉を、このごろ、しみじみと、おもい起す梅安なのだ。

夜がふけて、梅安は目ざめ、台所へ出て行き、酒の仕度にかかった。

（こんな夜に、彦さんか小杉さんでもいてくれると、酒もずいぶんたのしくなるのだが……）

こころをゆるした、これも仕掛人の彦次郎とは、もう半月も会っていなかったし、この前の山崎長兵衛・宗伯兄弟を討ったとき知り合い、以後は親しく梅安の家へ酒をのみに来るようになった剣客・小杉十五郎とは、十日も会っていない。

（なんでも小杉さんの、剣術の先生が急に亡くなって、道場の中がごたごたしてきて困る、と、この前に会ったとき、小杉さんは言っていなすったが……）

そんなことを、おもい出しながら、梅安は酒の燗《かん》にかかった。

ちょうど、そのころ……。

小杉十五郎は、浅草・元鳥越の牛堀道場を出て、三ノ輪の我家《わがや》へ帰ろうとしていた。

半月前に亡くなった牛堀九万之助《くまのすけ》は、奥山念流の名人であったが、十五郎は牛堀先生直系の門人ではない。

江戸へ出て来て、同じ流儀《りゅうぎ》だったこともあり、十五郎が、

「一手の御指南を……」

と、牛堀道場へあらわれたのが縁《えん》となって、老《お》いた牛堀九万之助は、いたく小杉十五郎の人柄が気に入り、

「わしの代りに、門人たちへ稽古《けいこ》をつけてやってくれぬか」

そういってくれた。

これで、十五郎は職を得たことになったのである。

牛堀道場のひろさは充分であったが、古びて、いささかの見栄《みえ》も気取りもない。

けれども、牛堀九万之助の人格と剣名を慕《した》ってあつまる門人は合わせて八十を越える。

門人の中には、大身旗本の子弟も多かった。

それだけに、九万之助が急死した後の、道場の運営については、まことに、むずかしいものがある。

牛堀九万之助には、妻も子もなかった。

十五郎は、この日。いつものように稽古を終えてから一部の門人たちと、いろいろ相談をかわし、帰途についた。

元鳥越の道場から阿部川町へぬけ、新寺町の大通りを上野山下へ出て、三ノ輪へ向うのが、いつもの道順である。

ふりけむる雨の中を、小杉十五郎は右手に傘《かさ》、左手に提灯《ちょうちん》を持ち、新堀《しんぼり》川に沿った道を北へ歩《あゆ》んでいた。

左側は武家屋敷の土塀がつらなり、右手は新堀川をへだてて、寺院ばかりだ。夜になると、まったく人通りが絶えてしまう。

(冷えるな……)

十五郎がくびをすくめ、

(今夜は、道場へ泊ればよかった……)

おもった、その瞬間であった。

武家屋敷の土塀の切れ目に潜《ひそ》んでいた黒い影が一つ、ものもいわずに、十五郎へ躍りかかり、白刃《しらは》を叩きつけてきた。

ばさっ……と、小杉十五郎の手から離れた傘のどこかが切り飛ばされた。

黒い影が斬りかかる寸前に、十五郎は殺気を感じ、左足《さそく》を引きざま、襲いかかる刃風に右手の傘をふわりとかぶせるようにしたのだ。

「うぬ!!」

初太刀を失敗《しくじ》った相手が、さらに踏みこまんとするとき、

「名乗れ。牛堀道場の小杉十五郎と知ってのことか!!」

大刀の鯉口《こいぐち》を切った十五郎の体勢には、もはや、つけこむ隙《すき》がなかった。

「むう……」

低く、うめいて、相手は背を屈《かが》めるようにし、振りかぶった大刀を正眼《せいがん》に構え直した。

十五郎が、右手に持ちかえた提灯の火は、消えていなかった。

提灯をさしつけるようにすると、相手は、じりじりと後退する。その顔は黒い布でおおわれていた。

雨夜のことだし、提灯の灯《あか》りだけでは、よく見きわめることができなかったが、

「あっ……」

おもわず、十五郎はおどろきの声をあげた。

見ず知らずの相手ならばともかく、長い年月を毎日のように顔を合わせていた男の姿を、十五郎ほどの者が見誤まるはずはない。

「おぬし、片桐《かたぎり》……」

いいさした十五郎の背後へせまった二人の覆面《ふくめん》が、

「鋭《えい》!!」

猛然と襲いかかった。

十五郎の手から提灯が飛んだ。

闇が烈しく、ゆれうごいた。

二

それから二刻《ふたとき》（四時間）ほど後に、品川台町の藤枝梅安宅の居間で、小杉十五郎の姿を見ることができる。

梅安は、しきりに、十五郎へ酒をすすめていた。

寝酒をやって蒲団《ふとん》へもぐり込み、ぐっすりねむりこんだところを十五郎が戸を叩く音に起された梅安なのである。

十五郎は落ちついて、茶わんの酒を啜《すす》っていたが、顔に全く血の色がない。火鉢《ひばち》の灰のような色をしていた。着ているものは梅安の袷《あわせ》だが、雨にぬれつくして台所にまるめて置いてある十五郎の着物や袴には、返り血もついているはずだ。

「それじゃあ何ですか。あなたが斬って捨てたのは、たしかに、同じ牛堀道場の……」

「そのとおり。三人ともだ。一人は逃げた……」

「ふうむ……」

ああなっては十五郎も抜き合わせざるを得なかった。

三人とも、牛堀道場では相当の〔つかい手〕だし、なんとしても十五郎を暗殺してしまおうと斬りかかったのだから、こちらも闘わなければ、いのちがない。

十五郎が斬った一人は、木挽町《こびきちょう》に屋敷を構える三千石の大身旗本片桐主税助《ちからのすけ》の次男・謙之助《けんのすけ》。

いま一人は、四谷御門外の松平伊織《まつだいらいおり》（千石）の三男・新次郎《しんじろう》である。

一人残って、十五郎に圧倒され、たまりかねて逃走したのは表二番町《おもてにばんちょう》の神保亀右衛門《じんぼかめえもん》（五百石）の次男・弥市郎《やいちろう》であった。

「その三人が、何でまた、小杉さんを……？」

「梅安さん。それがさ、牛堀先生が亡くなられたからだよ」

牛堀九万之助は、老齢《ろうれい》ではあったが、これまではしごく丈夫のように見えた。酒もよくのんだし、門人たちへの稽古も日に一刻ほどはつけていた。それが急に、胸の下の激痛を訴え、寝込んでから六日後に息を引きとってしまった。

九万之助は、死にのぞみ、遺言状をしたため、これを老僕の多吉《たきち》にわたし、ひそかに、湯島五丁目に一刀流の大道場を構える金子孫十郎信高《かねこまごじゅうろうのぶたか》のもとへ届けさせておいたそうな。

金子孫十郎は、将軍ひざもとの江戸で、屈指《くっし》の名流である。先代の孫十郎のころから諸大名・大身旗本との交際もひろく、現在、門人の数は合わせて二百におよぶ。

牛堀九万之助は、金子孫十郎の父で、先代の信任《のぶとう》に親しく目をかけられた。

流儀はちがっていても、そのときの交誼《こうぎ》が当代の孫十郎と九万之助との間に受けつがれている。

牛堀九万之助は、あくまでも、年下の孫十郎信高に対し、

「師弟の礼」

を、とっていた。

その金子孫十郎へ、自分の遺言状を届けさせ、間もなく、九万之助は亡くなったのである。

遺言状の主な内容は、牛堀道場の後継者についてであった。

牛堀道場には、片桐謙之助をはじめ、大身旗本の子弟で、相当の手練《てだれ》者が十名ほどいる。

そうした門人の父兄の中には、幕府の要職に就いているものもいるし、牛堀道場の有力な〔後援者〕もあった。

ほんらいならば……。

自分が亡きのちの道場の運営のことを考えると、そうした有力な後援者の子弟を後継者にえらぶことが、賢明なのかも知れない。

しかし、牛堀九万之助は、わが後継者に、小杉十五郎をえらんだのである。

それも、大和・高取の浪人の子で、ほとんど無一文の、足かけ三年ほど道場に出入りをし

ていたにすぎない十五郎を、

「……この男のほかに、自分の跡《あと》を継がせる者は見当りませぬ。たとえ、いったんは、道場が寂《さび》れようとも、小杉十五郎は、おのれのちからをもって、奥山念流の剣の道を正しく後世につたえ残すでありましょう。十五郎を見るとき、私は、若きころの自分をまざまざとおもい起すのでございます。なにとぞ、先生の御庇護《ごひご》をもって、小杉十五郎に牛堀道場をおまかせ下さいますよう、おとりはからいをねがいあげます」

と、このように、金子孫十郎へあてた遺言に書きのべてあったのだ。

それと知らずに……。

たとえば、片桐謙之助の父・主税助をはじめ、大身旗本の父兄たちは、いずれも権力と金に物をいわせて、わが子弟を牛堀道場の後継者に押し立てるための運動を開始した。

ところが、金子孫十郎が或日《あるひ》、牛堀道場の門人総員をあつめ、故牛堀九万之助の遺言状を披瀝《ひれき》し、

「今日をもって、小杉十五郎を道場の主《あるじ》とする」

と、発表した。

門人一同、愕然《がくぜん》となったらしい。

いや、十五郎自身が、おどろいた。

その場で、ただちに、十五郎は辞退を申し出た。

しかし、孫十郎信高は厳然として、

「牛堀先生の高恩《こうおん》にむくいよ」

と、いった。

それから、牛堀道場が、

「もめ出した」

のである。

「けしからぬ。あのような素浪人《すろうにん》に、この道場をわたしてなるものか!!」

と、叫ぶ者もいれば、貧乏御家人《ごけにん》の子弟などは、

「いや、なんとしても小杉先生に跡を継いでいただこう」

と、十五郎を推戴《すいたい》する。

十五郎も、

「まことに、困り果てた……」

のであった。

牛堀九万之助の遺言状が、有力な後援者である旗本のだれかに届けられていたら、その内容は、まったく、ちがったかたちになって発表されていたろう。

九万之助が、これを金子孫十郎へ届けたのは、まことに当を得ていたといわねばならぬ。

小杉十五郎は、孫十郎の説得もあり、故牛堀先生が、

（そこまで、自分を見込んでいて下されたのか……）

という感激もあり、さらには、三十余名の門人が支持してくれていることにちからを得て、ついに決意をかためた。

そして……。

その、跡つぎの披露《ひろう》を三日後にひかえた今夜、十五郎は同門の三人に暗殺されようとしたのである。

「なるほどねえ。小杉さんを人知れず、あの世へ送ってしまえば、牛堀道場がおもいのままになるというわけか……」

と、藤枝梅安が、冷えた酒を一口のんで、

「どうやら、その張本人《ちょうほんにん》は、片桐なんとやらいう奴らしい」

つぶやいたものだ。

片桐謙之助の父・主税助は、幕府の書院番頭《しょいんばんがしら》という要職にあり、将軍の側近くつかえ、加えて代々裕福の家柄であるから、次男坊の謙之助に、江戸でもそれと知られた牛堀道場の跡を継がせたいと、九万之助亡きのちは、猛烈な運動をおこなっていたようである。

「さて……小杉さん」

「む?」

「むずかしいことに、なってきましたね」

「…………」

「小杉さんが、あの二人を斬って捨てたのは、当然のことだが……こいつ、そのままには通りますまい。だって、ひとり逃げた奴がいる。大身旗本のせがれを二人も斬った男がだれかを、知られてしまったわけだ」

「うむ……」

「これは、どうにもならぬ。あなたひとりが悪者にされてしまいましょうね。なんといっても片桐謙之助の父親は、幕府《こうぎ》の顔利《き》きらしい。さて、小杉さん。どうなさる？」

「わからぬ……」

「まさか、町奉行所へ名乗って出るつもりではないでしょうね？」

「ばかな……」

「となれば、道は一つきりしかない」

「え……？」

「江戸を売ることですよ」

「そうか。やはり、な……」

「どうです、小杉さん。私といっしょに上方へ行きませぬか？」

「上方へ、何をしに？」

「私は、ちょいと用事がある。あなたは、その間、京の町をぶらぶらしていなさるがいい。

ともかく、こうなったら、牛堀道場のことは、あきらめることですねえ。それにしても、よく、私をたよって来て下すった。梅安、うれしくおもっていますよ」

三

つぎの日。

雨は熄《や》んだが、依然、灰色の幕を貼りつけたように、空は曇っていた。

夕暮れになってから、雨合羽に饅頭笠《まんじゆうがさ》、素足に草鞋《わらじ》ばきという風体《ふうてい》の小杉十五郎が、下谷・坂本三丁目の〔鮒宗《ふなそう》〕の裏手へあらわれた。

ここは十五郎なじみのところで、彼が、はじめて会った藤枝梅安と彦次郎を案内した店である。

〔鮒宗〕は、蜆汁《しじみ》と泥鰌《どじよう》が売りもので、階下の七坪の板張りへ竹の簀子《すのこ》を敷きつめた入れこみが、日暮れともなれば客でいっぱいになる。

亭主の宗六《そうろく》は五十がらみの、でっぷりとした躰つきの男で、江戸でも名のとおった大店《おおだな》の次男坊に生まれたとか……十五郎は耳にしている。それでいて一癖《ひとくせ》も二癖もある面構《つらがま》えは、

「他人《ひと》さまには、いうにいえねえことを、してめえりましたのでね」

と、たったそれだけの言葉で、おのれの過去を十五郎に表現してみせた宗六の、只者《ただもの》でな

いことをものがたっていると見てよいだろう。

「おや……小杉先生。今夜は、また、こんなところから……？」

そっと、裏口から入って来た十五郎を、宗六が目ざとくとらえ、近寄って来た。

「二階へ、あがってよいか？」

「ようござんすとも」

「いそがしいところをすまぬが、ちょっと、来てくれ。それから、おれがためた勘定《かんじょう》をたのむ」

「へい……」

「急いでくれ、たのむ」

「わかりました」

入れこみにあふれている客は、安価でうまい食べ物と酒とに満足し、一日の労働の疲れを、はじけるような笑い声でふき飛ばしている。その熱気と活気が、
わあーん……。

という響きになって、きこえていた。

板場の若い者と共に汗みずくとなってはたらいていた宗六の女房が、こちらへ笑いかけたのへ、十五郎はうなずき返し、二階の小部屋へあがって行った。

間もなく、宗六があらわれ、

「ええ、一両と一分二朱になります」

「そうか、ありがとう」

十五郎は、梅安から借りた一両小判を二枚出し、

「釣銭はいらない」

「どうして？」

「わけあって、江戸を立ち退《の》くことになった」

「へへえ……」

宗六の、細い両眼が十五郎を凝《じっ》と見まもった。

「たのみがある。お前、おれが住んでいた三ノ輪の家を知っているな。いつか、来たことがある。二人で酒をのんだ」

「おぼえていますよ」

「家の中に、小さな仏壇《ぶつだん》がある。中に、おれの死んだ父親の位牌《いはい》がある。それを持って来て、お前が、あずかっていてくれ、たのむ」

「御自分の家へも、帰れねえのですかえ？」

「そのとおりだ」

「ふうん……」

「やってくれるか？」

「ようござんす」

宗六も十五郎も、くどくどと言葉のやりとりはしない。つまりは、この二人、それだけ気ごころが通じ合うものと見える。

いつだったか、宗六が、女房に、こういったことがあった。

「小杉先生を見ていると、若いころのおれが、そのまま出て来たような気がしてならねえ」

そのとき、女房は、

「それじゃあ、お前さんのように年を老《と》ると、小杉先生も無口になるのかえ」

「そうさ。そうなるさ」

ほとんど断定的に、宗六がこたえたものだ。

宗六は、十五郎が、

(どうして、江戸を売るのか？)

とも問わなかった。

「父の位牌のことは、あと半月もしてからでよい」

「へへえ。いま、すぐ、三ノ輪のお宅へ近寄っては危ねえというわけですね」

「まあ、な……」

「え。わかりました」

「たのむ」

「どちらへ行きなさる?」

「たぶん、上方へ……」

「いつ、お帰んなさるね?」

「わからぬ」

「剣術の道場のほうは?」

「やめた」

「ふうん……では、まあ、気をつけてお行きなせえまし」

「うむ」

これだけの会話で、小杉十五郎は立ちあがり、裏口へ下りた。

裏口の戸障子を開けた十五郎の耳へ、宗六が、ずばりと、

「先生。人を、お殺《や》んなすったね?」

と、ささやいた。

十五郎は、うなずいたのみである。

すっと出て行った。

板場へもどって庖丁《ほうちょう》を手に取った宗六へ、女房が、

「小杉先生。なにか、あったのかえ?」

「お前、そうおもうか?」

「なんとなく、様子が、妙だったからさ」

「あの人は、おれの若いころに、いよいよ、そっくりになってきた」

「どこが、さ?」

「どこも、かしこもさ」

「ふうん……」

すると、宗六の声が微《かす》かにふるえて、

「行先が、おもいやられる……」

と、つぶやいたものだ。

ちょうど、そのころ……。

藤枝梅安は、浅草・橋場の料亭〔井筒〕から、なじみの女中・おもんに送られ、よんだ駕《か》籠《ご》へ乗ろうとしていた。

「梅安先生。長くて、三月《みつき》ですねえ」

おもんが、梅安の肩口へ頰《ほほ》をすり寄せ、

「きっとですよ」

「その間、お前の躰が、もちこたえられるかね?」

「ええ。いのちがけで……」

「坊やに、何か買っておやり」

梅安の手の重い金包みが、おもんの袂《たもと》へ落ちた。

「あれ、こんな……」

「三月たって帰って来て、お前の肌身をたしかめる日が、いまから待ち遠しいな」

「先生……もう、気が遠くなってしまう……」

「三月……あっという間さ。それよりも、おもん。彦さんへ手紙をとどけることを、忘れてはいけないよ」

するりと、梅安が駕籠へ入り、

「やっておくれ」

と、駕籠舁《か》きへ声を投げた。

藤枝梅安が、品川台町の家へ帰ったとき、小杉十五郎は、まだ、もどってはいなかった。

梅安は、だれもいない家の中を歩きまわり、何度も舌打ちを鳴らした。

(あれほど、外へ出てはならぬ、と、いっておいたのに……)

であった。

しばらくして十五郎がもどって来たとき、梅安は、すぐさま、

「後をつけられてはいませんでしょうな?」

と、十五郎に尋《き》いた。

「大丈夫だ、梅安どの」

「ほんとうに？」

「私も、それほど虚仮《こけ》じゃあない」

「怒ってはいけませんよ、小杉さん」

たしかに、十五郎は尾行されてはいなかった。

いや、はじめは尾行されていたのである。

しかし、十五郎が何度も念を入れ、道すじを変えるうち、相手が十五郎を見うしなったのだ。

その相手は、この日の昼前から〔鮒宗〕を見張っていたのであった。

翌日の午後もおそくなってから、藤枝梅安と小杉十五郎は、ひそかに江戸を発《た》った。

四

その翌々日に、〔井筒〕の女中・おもんが、塩入土手の彦次郎の家の裏手へあらわれた。

昨日も、おもんは彦次郎の家をのぞいている。

昨日までは堅く戸締りがしてあった裏口の戸へ手をかけると、

「あら……」

するりと、開いた。

「やあ……おもんさんじゃあねえか」

土間で、火を起していた彦次郎が、

「いってえ、どうしなすった？」

「あの、梅安先生が、このお手紙を……先生は三日前に、江戸をお発ちになったんですよ」

「へへえ……」

「どこへ行っておいでだったんです？」

「なあに、ね……」

返事も上の空で、彦次郎は梅安の手紙を読みはじめた。

あかるく晴れわたった、秋の午後である。

井戸端の向うの草の中で、鶉《うずら》が可愛ゆく鳴いている。

彦次郎は、二十日ほど、家をあけていた。仕掛人としての仕事で家を離れていたのではなく、表向きの稼業である楊子《ようじ》つくりのことでもなかった。

女房とむすめの墓がある荏原《えばら》・馬込《まごめ》村の万福寺で、のんびりと、寺の畑仕事をしたり炊事《すいじ》を手つだったり、老和尚の肩をもんでやったりして、そんな暮しが、このところ彦次郎には、

（たまらなく、いい気もち……）

なのであった。

（人の一生は五十までというが……おれも、もう四十の坂をのぼりかけているのだし、しかも血なまぐせえ仕事をずいぶんと仕てのけている。その所為《せい》か、このところ、どうも、躰《み》にもこころにも、張りが消えちまったような……）

と、心細くないでもない。

藤枝梅安は、彦次郎への手紙で、こういっている。

「……急に、上方へ発つことになった。わけができて小杉さんをつれて行く。いまの小杉さんは江戸にいられぬ身となったからだ。お前さんが行方知れずなので、この手紙をおもんにたのんだ。もし暇で、来る気があったら後を追っておいで。京の宿は、この前に、お前さんと泊った玉水屋方だ」

読み終えて彦次郎が、

「ありがとうよ」

手早く、二分金《にぶきん》を紙へつつみ、おもんの袂《たもと》へ入れ、

「坊やに、何か買ってあげてくれ」

「あれ、そんなことを……」

「梅安さんに、きいたよ。阿部川町にいるお父っつぁんのところへ、あずけてあるのだってね」

「まあ……」

三十をこえたおもんのえりもとへ、見る見る血がのぼってきた。

(梅安さんも、この女とは、とうとう深くなっちまったらしい)

彦次郎は苦笑をうかべ、

「おもんさん。たしかに手紙は読んだ。安心をしてくれ」

「上方へ、お行きなさいますか?」

「さて……今晩、一杯やりながら、ゆっくりと考えて見るよ」

「もし、上方へお行きなさるんでしたら、声をかけて下さいまし」

「梅安さんへの手紙を、今度は、おれにたのもうというわけかえ?」

「まあ……」

おもんは、小娘のようにはじらい、袂で顔を隠し、外へ駆け出して行った。

(大年増《おおどしま》も、深くなると、ああなるものか……でも、ちょいと男好きのする女には、ちげえねえが……)

夜になって、彦次郎は虫の声を聞きながら、久しぶりで、楊子を削りにかかった。

彦次郎がつくる歯みがき用の〔総楊子《ふさようじ》〕と〔平《ひら》楊子〕は、浅草観音の参道にある卯《う》の木《き》屋《や》だけで売っている。家を留守にしている間、卯の木屋の使いが、品切れとなった彦次郎の楊子のさいそくに、何度もやって来たにちがいない。客の中には、彦次郎の削った楊子でないと承知をしない人《の》がすくなくないのだ。

この夜の、楊子を削る彦次郎の手さばきには、いつもの冴《さ》えが見られなかったが、翌日の昼すぎになって、削っただけの楊子を卯の木屋へおさめた彦次郎は、

（そうだ……）

家へ帰るのをやめにし、浅草から上野山下へ出て、坂本三丁目の〔鮒宗〕へ向った。

（あの店は、小杉さんがなじみのところだ。ひょっとすると、なぜ、小杉さんが江戸にいられなくなったのか、あそこの亭主なら知っているかも知れねえ）

と、おもいついたのである。

そのころ……。

藤枝梅安と小杉十五郎は、箱根の関所を無事に通過していた。

梅安に仕掛けを依頼してくる本郷六丁目の香具師の元締・札掛《ふだかけ》の吉兵衛にたのめば、金しだいで、注文通りの〔道中手形〕を一晩で、つくってくれる。江戸の暗黒街の仕組みには、はかり知れないものがあるのだ。

関所をすぎ、松並木の街道が山道となり、上長坂へかかるところに、茶店がある。

「小杉さん。ここの名物は豆腐の田楽《でんがく》だが、いかがです？」

「私は、いらぬ」

「では、やめにしましょう」

二人が、茶店の前を通りすぎていくのを、

「はて、あれは……？」

茶店の中に休んでいた旅の侍が腰を浮かし、

「小杉、十五郎だったような……」

つぶやいたものである。

しかし、この三十前後に見える侍にとっては、たとえ、小杉十五郎だとたしかめても、それが別に、それほどの関心をよぶことではなかったらしい。後を追うでもなく、侍は茶代を置き、関所を目ざしてのぼって行った。

この侍は、泉州岸和田《せんしゅうきしわだ》五万三千石・岡部美濃守の家来で、名を斎藤修蔵《さいとうしゅうぞう》という。

斎藤は、二年ほど前に、岡部家の江戸藩邸から国もとの岸和田へ転勤を命ぜられ、妻子ともども江戸を去ったが、今度、公用で、江戸藩邸へおもむく途中であった。

二年前まで斎藤修蔵は、元鳥越の牛堀九万之助道場へ通い、修行をつんでおり、そのころ、道場へ出入りするようになって半年ほどを経た小杉十五郎の顔も見知っていたし、たびたび、稽古をしたこともある。

斎藤は一度も、十五郎に勝てなかった。

憎いというのではないが、いま、道中で見かけても、十五郎とは親しく口をきき合うつもりはない。

（なに、素浪人が……）

という気もちが、斎藤にあった。

関所への道を歩みつつ、斎藤修蔵は、二年前に何度も、十五郎の木刀に打ち叩かれたときの痛みをおもい起し、顔をしかめて、しきりに、あたりへ唾《つば》を吐き散らした。

五

坂本三丁目の〔鮒宗〕の戸障子を開けた彦次郎を見るや、板場から顔をのぞかせた亭主の宗六が、目顔で、

「二階へ、先へあがっていておくんなさい」

と、いった。

客が二組ほどいた。時分どきでないので、空《す》いているのが、彦次郎にはめずらしかった。

小杉十五郎と知り合ってから、彦次郎と梅安は数度、鮒宗で食べたり飲んだりしている。すでに宗六夫婦とは顔なじみであった。

彦次郎が、通りに面した、いつもの二階の小座敷で待っていると、宗六が酒を運んで来た。

彦次郎は、だまって、藤枝梅安の手紙を宗六へ見せた。

手紙を読んだ宗六が、窓の障子を細目に開け、通りをへだてた真向《まむか》いをゆび指した。〔鮒

宗〕の真向いに〔即席・御料理〕と看板をかかげた〔松の尾〕という料亭がある。間口はせまいが奥深くて、小野照崎神社の境内をのぞむ風雅な奥座敷もあるし、このあたりでは上等な店だ。

その〔松の尾〕の、通りに面した二階座敷の障子も、きっと細目に開いていて、

「こっちを見張っているんでさあ」

と、宗六が彦次郎にささやいた。

「つまり、どこのどいつか知らねえが、うちへ小杉先生があらわれるのを待っていやがるらしい」

「どんなやつだね？」

「ときどき、何気《なにげ》もねえ面《つら》をして、うちの中をのぞいて行きますよ。こっちがわざと、ばかな面をして知らん顔をしていると、いい気になりゃあがって……へまな見張りさ、旦那」

「男だね？」

「侍ですよ。三人か四人、交替で、松の尾の、あの座敷を買い切っているらしい」

「ふうむ……」

「いってえ、小杉先生に何があったというので？」

「私にも、よくはわからない。此処《ここ》へ来たら、お前さんが何か知っているとおもってね」

「実は、旦那……」

と、宗六が、先夜、十五郎が訪れて来たことを告げ、

「先生が何もいわねえのに、こっちがくどく尋《き》くこともねえとおもったんだが……妙な野郎どもが、うちのまわりをうろつき出したので、気になって仕方がねえ」

「では何だね、小杉さんが前から、ここへよくやって来ることを知っているやつがいる、ということだ」

「さようさ」

「お前さん、大丈夫かね？」

「なあに……」

と、宗六が、ちょっと胸を張って、

「こっちは、只の人間じゃあねえ」

「うむ。それなら私は、これからひとつ、梅安さんと小杉さんを追いかけて見ようか……」

「そうして下せえ。それで、あの……」

いいさした宗六が、はっと障子の隙間へ顔を寄せ、

「ほら、あいつですよ」

と、いった。

いましも、松の尾へ入って行く侍を、彦次郎も見た。

「いままで見張っていたやつが、すぐに出て来ますぜ」

果して、中年の侍が松の尾から出て来た。羽織・袴をつけ、きちんとした身なりである。どこぞの家来と見てよい。侍は、鮒宗の前を二、三度、行ったり来たりしてから、松の尾の二階を見やり、くびを振って見せ、車坂の方へ遠去かって行く。

宗六は舌打ちをして「ごらんなせえ。あんな間ぬけなまねをしていやがる」と、いい、彦次郎も、おもわず吹き出してしまった。いずれにせよ、こうしたことに馴れていない侍どもがしていることなのだ。

「裏から出て、今度は私が、あいつの後をつけて見よう」

と、彦次郎は立ちあがった。

「ふ……こいつは、おもしろくなった」

「気をつけなせえよ」

いいおいて、彦次郎は裏手へ下りて行った。

わけもなく、彦次郎は、件《くだん》の侍を尾行し、侍が、木挽町《こびきちょう》の采女《うねめ》ヶ原《はら》の西側にある立派な屋敷へ入るのを見とどけた。近辺であたってみると、その屋敷は、三千石の大身旗本・片桐主税助のものであることがわかった。しかし、彦次郎は、くわしいはなしを何もきいていない。

(いってえ、これが、小杉さんと、どう、むすびつくのか……?)

おもいながら、紀伊国橋《きのくにばし》南詰の鰻屋《うなぎや》〔伊豆半《いずはん》〕で酒をのみ、外へ出たとたんに、いきなり、雨が叩いてきた。

(なあに、てえしたことはねえ)

あまく考えたのが、いけなかった。

ずぶ濡れになって浅草の外れの家へ帰り、熱燗《あつかん》の酒をのんでねむったときには、しごく、よい気もちだった彦次郎なのだが、朝になって目ざめると、高熱を発している。

悪寒《おかん》が激しくて、とても、起きあがるどころではない。

(こいつは、困った……)

とりあえず、毎朝、立ち寄ってくれる豆腐屋にたのみ、薬を買って来てもらったが、熱は下らなかった。

翌朝。また豆腐屋にたのみ、料亭・井筒へ使いに行ってもらい、おもんに来てもらうことにした。

(なあに、大丈夫だろう。小杉さんには梅安さんがついている。それにさ、あの、妙な侍どもは、二人が江戸を離れたことを、すこしも知らずに鮒宗を見張っていやがるのだもの、いまのところ、別に、案じることもねえだろう)

と、彦次郎は考えた。

おもんが駆けつけて来て、おどろき、すぐさま〔井筒〕へ引き返し、主人の与助夫婦と相談した結果、藤枝梅安とも親しい北本所・表町に住む外科医・堀本桃庵《ほりもととうあん》のもとへ、

「診《み》てやって下さいまし」

と、駆けつけたものである。

「梅安どのの友だちというなら、捨ててもおけぬな。しかし、わしは畑ちがいらしいが……」

いいながらも堀本桃庵が彦次郎の家へ来てくれ、診察をし、薬をあたえた。

「三日ほどは寝たままでいなくてはいけない。そうすれば、癒《なお》る」

桃庵先生は、そういってくれた。

彦次郎も、その言葉に、そむくつもりはなかった。

(もう安心だ。梅安さんと小杉さんは、おそらく藤枝をすぎているだろうよ)

であった。

この夜。彦次郎は、ぐっすりとねむった。

一方、藤枝梅安と小杉十五郎は駿府《すんぷ》(静岡市)の旅籠《はたご》へ旅装を解いていた。

同じ夜……。

箱根で、小杉十五郎を見かけた斎藤修蔵が江戸へ到着し、赤坂の藩邸へ入った。

翌日の午後。

公用をすませ、斎藤修蔵は、表二番町の旗本・神保亀右衛門邸を訪問した。亀右衛門の次男・神保弥市郎は、牛堀道場の同門であり斎藤とは仲がよかった。

弥市郎は折しも外出しようとしていた。

「十日ほど江戸にいて、国もとへ帰る。どうだ、神保。いっしょに牛堀先生のところへ行かぬか？」

「斎藤さん。牛堀先生は、亡くなられました」

「何……まことか？」

「それについて、一大事が、もちあがったのです」

「ほう……」

そこで神保弥市郎が、自分に都合のよいようにはなしをすすめ、小杉十五郎暗殺の失敗についても、

「逃げられてしまいましたよ」

といった。

斎藤修蔵の顔色が変った。

「おのれ……」

歯ぎしりをして、

「それと知ったら、見逃すのではなかった」

「え……それは斎藤さん、どういうことなのです？」

「箱根で、小杉十五郎に出合ったよ」

「な、何ですと……」

「向うは、拙者《せっしゃ》に気づかなんだ」

「まことですか?」

「まことだ。坊主頭の、医者のような男と二人づれで、東海道をのぼって行ったぞ」

「そ、それは一大事だ。こちらは、まだ、小杉が江戸にいるものとばかりおもいこみ、某所を見張っているところなのです」

「とんでもないことだ」

「いっしょに、来てくれますか」

「いいとも。だが、御屋敷へは夕刻までにもどらぬといけない。なに、三日ほどすれば御役目もすむ」

「三日などと、いってはおられません。われら、小杉の後を追わねばなりません」

「そうか……うむ、そうだな。おもえば小杉十五郎という奴、憎い奴だ。温厚な牛堀先生へ、たくみに取り入って、先生に、そのような遺言状まで書かせたとは……」

「まったくもって、怪《け》しからぬやつです。小杉に斬られた片桐さん、松平さん、いずれも、その御父兄たちが、われわれに助力を惜しみません。斎藤さん。いっしょに来て下さい」

六

東海道・藤枝は、駿府から五里十丁余。背後は、甲州からつづく赤石山脈の山裾で、前方は帯のように長くせまい平野の向うに駿河《するが》湾をのぞむ宿場町だが、同時に駿河・田中四万石・本多伯耆守《ほうきのかみ》の城下でもある。

宿《しゅく》の問屋場の手前に〔大手前〕とよばれる道が東南へ伸びており、約二十丁にして田中城に達する。ここには武家屋敷も町家もあり、城下町の形態をなしているが、藤枝は東海道の宿駅そのもので、大名の城下という感じは、まったくない。

藤枝梅安は、この藤枝宿の桶《おけ》屋・治平《じへい》の子に生まれた。

「ほれ、ごらんなさい。小杉さん。すぐ向うに鳥居《とりい》が見える、あれが神明宮の参道でね。鳥居の向うどなりに大きな銀杏《いちょう》の木があるでしょう。あの下に、ほれ……小さな家が見える。あの家で、私は生まれたのですよ」

と、四日前に藤枝へ泊った翌朝、梅安は、旅籠《はたご》・万年屋七右衛門方の、街道に面した二階座敷の障子を開け、小杉十五郎へ語ったものだ。

「なるほど。それで、藤枝という姓を……」

「さよう。桶屋のせがれでいたときの名を梅吉《うめきち》といいましてな」

「ほほう……」

「私が十《とお》のときに、父親が病死をして……すると間もなく、母親が若い男を引っ張りこみましてね。この宿へながれついた日傭取《ひようとり》だったが、そのうちに母親は、その男といっしょに、何処《どこ》かへ逃げてしまいましたよ」

淡々と過去を語る梅安の横顔を、十五郎は息をのんで見まもった。梅安が、そうした生い立ちをもっていようとは、おもってても見なかったにちがいない。

「それで、梅安どのは、この藤枝に？」

「さよう。幼なかった妹はつれて行きましたが、私は、母親においてけぼりを食いましたよ」

「ふうむ……」

「小杉さん。それからね、私は、この……いま、私たちが泊っている、この万年屋に引き取られ、そりゃもう、十の子供が大人の三倍もはたらかされたものだ」

「この旅籠の……」

「使い走りから、薪割り、掃除、飯焚き、いやどうも、そのころは、ひどく辛《つら》いとおもったが、いまにして考えて見ると、私の躰がなみはずれて丈夫なのは、子供のときに鍛《きた》えてあるからかも知れない」

万年屋へ来て、一年ほどしたとき、鍼医・津山悦堂が藤枝へあらわれ、万年屋に三日、滞在した。本多家にいた知人を訪ねたものであろう。

そのときに、悦堂先生が梅安に目をつけ、拾いあげ、京都へつれて行ってくれたのである。

「それが、おもしろいではありませんか、小杉さん。この万年屋には、私が見おぼえている人たちが、まだ何人もいる。先代のあるじは亡くなったらしいが、いまのあるじは、当時二十《はたち》そこそこでしてな。それに、番頭の卯四郎《うしろう》とか……ところが、こちらはおぼえていても、向うは、まったくおもい出さない。そりゃまあ、そうだろうな。背丈《せたけ》は高かったが痩《や》せこけていて……どうも、まるで、子供のころの顔つきが、いまは残っていないらしい」

「ところで梅安どの。その後、逃げた母上や妹ごとは、会われなんだのか?」

「会いませぬよ」

事もなげに、梅安はこたえた。

実の妹・お吉《きち》と再会し、妹の悪の根を絶つため、おのが仕掛針で殺したことだけは、十五郎にも語りたくなかった。

「いかがです、小杉さん……二日か三日、この藤枝へとどまっても、かまいませぬか?」

「そのようなことを、いちいち私に、おききなさらずともよい。いまの私は、何処にいても同じことだ。すべて、梅安どのにおまかせしてあることゆえ……」

「それでは、そうさせて下さい。これまでに何度も藤枝を通りましたが、泊ったのは今度がはじめてだ。まあ、こんなことも、めったにあるまいから、町の様子をひとわたり、見たいとおもってね」

合わせて三夜、万年屋に泊り、今朝になっても梅安はうごかなかった。

四日間に、梅安は十五郎を万年屋へ残し、藤枝宿の諸方を歩きまわっていたようだ。

「小杉さん。今日いちにちでやめますよ。明日は発《た》ちましょう」

こういって、梅安は、この日の八ツ（午後二時）ごろに、ぶらりと万年屋を出て行った。

二人の部屋は一昨日から、奥庭に面した離れ座敷に移されている。

そのころ……。

四日前に江戸を発した三人の侍が、藤枝宿へ近づきつつあった。

これは、小杉十五郎に討ち取られた牛堀門下の片桐謙之助の兄・隼人《はやと》と、家来の青木忠八・山岡勝造である。

箱根で、十五郎を見た斎藤修蔵の報告をきき、片桐謙之助と松平新次郎の父兄や親族たちは激昂《げっこう》し、

「すぐさま、追え!!」

と、いうことになった。

片桐隼人たちは、その先発として、即日、江戸を発し、急行して来たものである。三人のうち、青木忠八が十五郎の顔を見知っていた。青木は、片桐謙之助の供をして、数度、牛堀

道場へ来ていたからだ。

彼ら三人の後からも、後続の一隊が追いついて来るはずである。

事実、これも十五郎に斬られた松平新次郎の兄・斧太郎《おのたろう》が、父・伊織の、

「素浪人の首はねるまでは、江戸へもどるな!!」

との厳命《げんめい》をうけ、家来二人をつれて江戸を発ち、この朝は、相州・小田原《おだわら》を出て、箱根越えにかかっている。

この三人には、神保弥市郎をはじめ、牛堀道場の中で、十五郎をこころよくおもわぬ門人五名が同行していた。

そして、彦次郎も、この朝小田原の旅籠・三好屋又兵衛方を発し、一行の、すぐ後についていた。

(とんでもねえことに、なって来やがった。畜生め、おれとしたことが……)

一時も早く、梅安と十五郎に追いつかねばと、彦次郎はあせっていた。

まだ、躰は回復していないが、ふところには、金がたっぷりと入っている。これをつかって出来得るかぎり、道中を便利にし、夜を日についでも、

(二人に追いつかなくては……)

と、彦次郎は必死であった。

堀本桃庵の診察投薬をうけた翌日、たちまちに熱が下り、すがすがしい気分になったので、彦次郎は生卵《なまたまご》を五ツものみ下し、昼ごろに家を出た。これは昨夜から考えたことを実行に移したものである。

彦次郎は〔井筒〕へ寄って、おどろくおもんを借りうけ、町駕籠で、坂本三丁目の料亭〔松の尾〕へ乗りつけた。

二人が通されたのは、二階の奥座敷であったが、酒や料理を運んで来た女中が去ると、彦次郎は、表通りに面した小座敷へ忍びこんだ。

その、となり座席で、侍たちが〔鮒宗〕を見張っているのである。

この日も二人、いた。そのうちの一人は、先夜、彦次郎が後をつけて、木挽町の片桐屋敷へ入るのを見とどけた中年の侍であった。

そやつの声が、

「牛堀道場の下男の多吉というのをつかまえ、責《せ》めたてて、小杉十五郎の三ノ輪の住居《すまい》と、いつも立ち寄るという、前の鮒宗のことを聞き出し、こうやって見張っているのだが、さっぱり、あらわれぬな」

と、いうのを、彦次郎は襖《ふすま》ごしに聞いた。

「まったくです。小杉は、もう、江戸にいないのではありませんか？」

「だが、三ノ輪の家へ立ち寄った様子がないというぞ」

「なるほど……」

「われらが殿、主税助様は、可愛いがっておられた御次男の謙之助さまを小杉に殺害されたことゆえ、ひどい怒り方だ」

「それは、私のあるじも同じことです」

するとそのとき、廊下に足音がきこえ、別の侍が駆けこんで来た。

「わ、わかったぞ、小杉十五郎の行方が……」

と、その侍の声をきいて、彦次郎もはっとした。

「どこにいる？」

「いや、前に牛堀道場におられた岸和田藩中の斎藤修蔵という人が、出府《しゅっぷ》のさいに、箱根で見たそうな」

「まことか？」

「ここは引きあげよ、と、殿がおおせあった。すぐに、隼人様が後を追うらしいぞ」

「それは、大変だ」

三人が急いで引きあげて行ったあと、彦次郎もおもんと〔松の尾〕を出た。

「おもんさん。私は、梅安さんの後を追いかけなくてはならねえ。いや、お前さんの手紙をあずかる暇はねえのだ」

「何が何だか、さっぱり……？」

「私にだってわからねえ、くわしいことは……」

いったん塩入土手下の我家へもどった彦次郎は、床下の土に埋めこんである瓶《かめ》の密封を剝《は》がし、中から小判で五十両を引き出し、旅仕度もそこそこに江戸を発ったのである。

七

川の水に、柿の実が映《うつ》っている。

藤枝梅安は、三州屋《さんしゅうや》という小さな蕎麦《そば》屋の入れこみの片隅へすわりこみ、ゆっくりと酒をのみながら、小川の向うを先刻からながめつづけていた。

子供だった梅安が藤枝にいたころ、この場所に、こんな蕎麦屋はなかったが、川辺《かわべ》りに柿の木があったことはおぼえている。その柿の木が、あまりにも大きくなっていたことに、梅安は目をみはった。

(何も、柿の木が大きくなったからといって、おどろくにはおよばない……)

だが、見るものの一つ一つが、梅安の記憶をよみがえらせ、この四日間、梅安は一種の子供じみた興奮状態にあったといってよい。むかし、街道から北へ切れ込んだこのあたりは草地や空地が多かったのに、いまは、びっしりと家がたちならんでいる。

一昨日の午後。ふと、立ち寄った三州屋から川向うをながめてから、梅安は昨日も、そして今日も、三州屋へあらわれ、入れこみの窓ぎわへすわり、一刻（二時間）もの間、酒をのみながら、川向うの炭屋の店先を見まもりつづけているのであった。

今日も、撲《なぐ》られている。

蹴飛ばされている。

（たったひとり、この町へ取り残されたときの、私と同じ年ごろだ）

と、梅安は、川向うの炭屋の小僧を看《み》た。小さな肩に炭俵《すみだわら》を背負い、町のどこかへとどけに行き、帰ると、また出て行く。そのくり返しの間に、あぶらぎった中年男の炭屋のあるじが、小僧を叱りつけ、撲ったり蹴ったりするのだ。小僧は、炭の粉で頭から顔、手足を真黒にし、歯を喰いしばって立ちはたらいている。小さくて細い躰つきの子供だった。

一昨日、はじめて、これを見た梅安が、おもわず、

「ひどいことをする……」

つぶやいたのを耳にはさんだ蕎麦屋の老爺《おやじ》が、運んで来た酒を置きながら、

「あの炭屋は因業《いんごう》なやつでございましてね。富公《とみこう》も、飛んだところへ引き取られたものだ」

と、いう。

「富公……すると、この宿場の子かね？」

「へえ。三月《みつき》ほど前に、母親《おふくろ》が死にましてね。父親《てておや》は、この宿で日傭取《ひようとり》（日雇《ひやと》い人足《にんそく》）をしていた安次郎《やすじろう》という男でしたが、女房が死ぬと、あの富吉を捨てて、何処《どこ》かへ逃げてしまっ

たのでございますよ。それを、あの炭屋の茂平《もへい》が引き取りましたが、いやもう、夫婦して富公をいじめぬくので……ろくに物も食わせずに、腰がぬけるまではたらかせようというのですから、たまりません。夜になって、富公がうちの裏口へ、そっと来ることがありましてね。そんなときにゃあ、熱い蕎麦をたっぷり食べさしてやるので……」

「ふうむ……」

父と母とちがいこそあれ、まるで二十何年前の、

(私そのまま……)

ではないか。

昨日も今日もなんとなく、藤枝を去り難《がた》いのは、炭屋の小僧の、あわれな小さい姿が、無意識のうちに梅安を引きとめているのやも知れぬ。

昨日も今日も、凝《じっ》と、炭屋をながめている藤枝梅安に、

「もし……お客さんは、あの富公を知っておいでなさるので？」

と、蕎麦屋の老爺が問いかけてきた。

「いいや、別に……」

「へえ……？」

「ひどいことをする……」

つぶやいて、梅安は勘定をはらい、不審そうに見送る老爺を後目《しりめ》に、外へ出た。

「この鈍間《のろま》め、下伝馬町《しもてんまちょう》まで、居ねむりでもしながら行きゃあがったか。なぜ、早く帰って来ねえ!!」

炭屋の茂平の怒声が、川向うで、はっきりときこえた。茂平が炭の配達からもどって来た小僧を撲りつけ、店の中へ突き入れた。梅安は舌打ちをし、あきらかに顔面を紅潮《こうちょう》させ「畜生め」と、つぶやき、両眼に怒気をみなぎらせ、足を速めて、逃げるがごとく清水橋のたもとまで来た。

東海道は、この橋をすぎて間もなく藤枝宿をぬけ、藤枝川をわたり、瀬戸《せと》川の渡しへかかる。

と、そのとき……。

梅安の眼の前を行きすぎた旅の侍が三人、橋をわたって西へ去った。

これは、片桐隼人と家来の青木・山岡であったが、もとより藤枝梅安、この三人が小杉十五郎の追手《おって》だとは知るよしもない。たしかに三人の姿は眼に入れたが、無関心に街道へ出て、万年屋へ向かった。

片桐隼人たちも、梅安には目もくれず、藤枝宿を出て行った。彼らは、小杉十五郎と医者ふうの二人づれが、斎藤修蔵が箱根で見たという日から数えて、もっと先へ進んでいると考え、全速力で藤枝を通過したのであった。

梅安は、万年屋へもどり、十五郎をさそって、沸《わ》いたばかりの湯へ入った。

風呂場には、二人きりである。

「ねえ、小杉さん……」

「うむ？」

「いまから、この私が、子供をひとり、育てたら可笑《おか》しいでしょうかな？」

「こ、ども？」

「さよう」

「はて……？」

「そうなったら、仕掛人の足を洗うことになるのだが……」

「いったい、どうしたのだ？」

「え……いや、別に……」

藤枝梅安ともあろう者が、へ、ど、も、ど、して十五郎へ、たくましくて巾のひろい背中を向け、

「ひょいと……ひょいと、そんなことを、おもってみたまでのことなので……」

うめくような声で、いった。

梅安が沈黙したので、十五郎は、さらに問いかけなかった。こうした場合の、これが彼の流儀《りゅうぎ》なのである。

ややあって梅安が、も、じ、も、じ、と言った。

「明日一晩、ここへ泊ってもよろしいか？」

「いっこうに、かまわぬ」

そのころ……。

彦次郎は大枚《たいまい》の金をつかい、箱根の雲助《くもすけ》たちへわたりをつけ、〔関所御免《せきしょごめん》〕の箱根の山道をぬけ、松平斧太郎と牛堀道場一行八名を追いぬいていた。

梅安と十五郎が江戸を発つころは、毎日、いまにも降り出しそうな空模様で、冷えこみもきびしかったが、一昨日あたりから快晴となり、気温も上り、絶好の道中日和《どうちゅうびより》になった。

箱根から、山道の街道は三島へ下る途中で、〔はつねヶ原〕とよばれている草原地帯にかかる。

いまや、いちめんの芒《すすき》の原だ。

日は、かたむいている。

そのとき……。

松平斧太郎一行が、はつねヶ原へさしかかった。

前後に、牛堀道場門人が二名ずつ、その間に、松平斧太郎が神保弥市郎と肩をならべ、家来二名を従えていた。斧太郎は浅目《あさめ》の塗笠をかぶり、弥市郎は笠を手に持っていた。

街道の両側は、芒《すすき》、また芒であった。

「神保殿。先に発った片桐隼人殿は、どのあたりまで行ったろうか？」

と、斧太郎がいい、神保弥市郎が、

「さよう。うまく行けば、大井川を越えたかと……」

いいさした瞬間である。

「あっ……」

突如、松平斧太郎が魂消《たまぎ》るような悲鳴を発し、よろめいた。

「いかがなされた？」

「う、う……」

斧太郎の右眼へ、吹矢《ふきや》の、円錐形《えんすいけい》の矢がぐさりと、、、突き刺さっている。

「く、曲者《くせもの》……」

「ゆ、ゆ、油断すな」

一同、大刀の柄袋《つかぶくろ》をはね捨て、いっせいに抜刀《ばっとう》した。

神保弥市郎が、がっくりと両ひざをついた斧太郎を抱え、

「早く、曲者を……」

と、叫んだ。

もう、何がどうしたのやら、さっぱりわからなかった。

芒の中に身を横たえ、眼前六尺の向うを歩んで来た松平斧太郎の右眼へ、下から吹矢を吹きつけた彦次郎は、

「ざまあ見やがれ」

一同の混乱を後目《しりめ》に、まるで狐《きつね》のような素早さで、白い芒の原の彼方《かなた》へ姿を消してしまっていた。

彦次郎が、斧太郎をねらったのは、一行の配置を一目《ひとめ》見て、

（こいつが頭《かしら》だ。こいつをやっつければ、みんな、あわてるにちげえねえ）

と、にらんだからである。

この夜。

彦次郎は、三島の旅籠〔海老屋《えびや》九郎兵衛〕方へ泊った。松平斧太郎一行も同じ旅籠だ。

海老屋へ、傷ついた斧太郎を担《かつ》ぎこみ、

「医者よ、薬よ……」

と、大騒ぎをしている一行と、彦次郎は廊下で何度もすれちがったが、向うはまったくそれと気づいていない。影も形も相手には見せなかったのだから、当然であった。

（へっ……あの吹矢には、ちょいとした薬が塗ってあるのだ。今夜から気が狂いそうになるまで痛むぜ。そして、二度と、あいつの右の眼は開きゃあしねえ）

そうおもいながら、彦次郎は、ぐっすりとねむった。

この夜。三島から二十二里あまり先の藤枝の旅籠〔万年屋〕の奥座敷に、梅安と十五郎は泊っている。

そして、藤枝を通りすぎた片桐隼人の一行三名は、藤枝から三里先の金谷《かなや》へ泊っていた。

八

翌朝。まだ暗いうちに、彦次郎は三島を発した。旅籠を出るとき、ねむそうな眼をこすりながら見送ってくれた女中に、それとなく尋いてみると、昨夜は松平斧太郎、高熱を発して苦しみもだえ、三島の医者の手当をうけ、夜ふけまで大変だったらしい。明け方になって、ようやく、さわぎがしずまったのだという。

彦次郎が海老屋を出てから一刻後に、神保弥市郎を先頭にして、六名が出発して行った。松平斧太郎は、とても、今日は道中をつづけることができぬので、家来一名がつきそい、海老屋へ残ることにしたのである。

この日も、快晴であった。

藤枝梅安は、例によって午後になると万年屋を出て、川岸の蕎麦屋へ行き、小杉十五郎は奥座敷へこもっている。万年屋には、梅安が「江戸から連れが来るのを待っている」と、いってあった。落ちつきはらって、いかにも名のある医者に見える藤枝梅安と、浪人ながら物しずかで身なりも小ぎれいな小杉十五郎を、万年屋では、すこしも怪しまぬ様子だ。

この日も暮れた。

夕飯の膳が出て、梅安が十五郎の盃へ酌をしてやりながら、

「小杉さん。さぞ、退屈でしょうな?」

と、申しわけなさそうに尋いた。

「いや、すこしも……」

「それならいいが……」

「今日は、どこへ行って来られた?」

「別に……ふらふらと、ね……」

「梅安どの……」

「小杉さん。夜になると、さすがに冷える」

「いや、それよりも……」

盃を膳へ置き、十五郎が、

「もしや、私が、あなたの足手まといになっているのではないか……」

「とんでもない」

「御親切はかたじけないが、私は、いつにても、お別れしてよい」

「私と、別れたいのですか?」

「そうではない。あなたの邪魔になっては、と……」

「いやいや、いっしょにいて下さい。そのほうが、ありがたいのだ」

「まことかね?」

「小杉さんに、嘘をいったところで、はじまらない」

「昨日、子供を育てるといっておられたが……」

「私がね、亡き悦堂先生から鍼《はり》の術を教えこまれたように、私も、私の鍼術《しんじゅつ》をだれかにつたえ残したい、ような、気もしてきて……」

「その子供にかね？」

「さよう」

「どこの子？」

「この藤枝で見かけた子でね」

「ほほう……」

「小杉さん。明日一晩、ここへ泊ってもよろしいか？」

「かまわぬとも」

この夜。

彦次郎は、三島から十四里を飛ばし、江尻《えじり》の旅籠〔清水屋治右衛門〕方へ泊り、後から来る追手の一行は由井《ゆい》へ泊っている。

そして、先へ行った片桐隼人《はやと》の一行は、浜松城下へ入り、ここに泊った。

つぎの日。

またしても快晴であった。

彦次郎は、この朝早くに江尻を発《た》ち、八里十七丁をすすみ、藤枝の宿へ入ったとき、夕闇が淡くただよいはじめていたが、瀬戸川の最後の渡しに乗り、大井川の手前の島田《しまだ》まで行くつもりだ。彦次郎にしても、梅安と十五郎が、もっと先へ行っているとおもいこんでいる。いずれにせよ、道中をつづけていれば、梅安たちが東海道をのぼっているかぎり、かならず会えるのだ。

彦次郎は、走るようにして藤枝の、下伝馬町から白子《しろこ》町《まち》、長楽寺《ちょうらくじ》町などの町すじをぬけ、折から宿泊の旅人の足がたて混む街道の旅籠・万年屋の前を通りすぎ、清水橋をわたり、何気なく、ひょいと、橋の右たもとの高札場《こうさつば》の方を見やって、

「や……」

おもわず、声をあげた。

高札を見上げていた坊主頭の大男が、その声に振り向き、

「や……彦さん。追いついて来たね」

「ば、梅安さん。まだ、こんなところにいなすったのか……」

「彦さんが追いつくのを、親切に待っていたのさ」

「冗談じゃあねえ。大変だよ、梅安さん……」

擦り寄って彦次郎が、

「でもまあ、よかった。ここで、出合って……」

「いったい、どうした？」

「後から追手が来る。いえ、先にも出ているはずだ」

「何……」

「小杉さんの追手だよ、梅安さん」

「どうして、それが？」

「ま、ここでは、はなしもできねえ」

梅安は、彦次郎をともない、すぐさま万年屋へもどり、旅籠の人たちへ、

「連れが追いついて来てくれた」

と、いい、彦次郎を離れ座敷へ案内した。彦次郎が、あれからのことを手短かに語ったとき、意外に、小杉十五郎はおどろかぬ。箱根で、斎藤修蔵に見られたことについては、一向《いっこう》に覚えがない。しかし、それを悔《くや》んでみたところではじまらぬ。

「梅安どの、彦次郎どの。これは、大変な迷惑をかけてしまった。これ以上、お二人の厄介《やっかい》者《もの》になってはいられぬ。まことに申しわけもないことだった」

と、十五郎はひざへ、きちんと両手を置き、頭を下げてから、

「梅安どの。これで、お別れしよう」

しずかに、いったものだ。

「別れて、どうなさる？」

「私は、いささかも悪事をはたらいてはおらぬ。ふりかかる火の粉をはらったまでだ」

「そのとおり」

「で、どうなさる？」

「引き返す」

「何ですと……？」

「追手の人びとに会い、事情《わけ》をはなす。それが筋合《すじあい》を通すことになる」

「わかる相手じゃあねえ」

吐き捨てるように、彦次郎がいった。

「わかってくれなければ、闘うまでだ。こうしたことは、剣客の世界に、よくあることなのだ。もっとも自分が、こうした目に合うのは、はじめてだが……」

「先へ行ったのは別として、相手は六人ですよ、小杉さん。片眼がつぶれたのが追いついてくりゃあ、八人だ」

「人数はかまわぬ。剣客というものは、こうしたとき、いつ、死んでもよいのだよ、彦次郎どの」

十五郎は、平然たるもので、

「では、失礼する」

すぐさま、旅仕度にかかった。

「だって、小杉さん……」

何かいいかける彦次郎の腕を、藤枝梅安がつかみ、かぶりを振って見せた。

(構うな)と、いっているのだ。そのくせ、梅安の両眼は彦次郎を見返りもせず、凝《じっ》と小杉十五郎へそそがれていた。

たちまちに、十五郎は身仕度を終え、藤枝梅安に向って形をあらため、

「何もいわぬ、梅安どの。かたじけなかった」

いうや、身をひるがえすようにして廊下へ出て行った。

「梅安さん。いいのかえ?」

「彦さん。よく仕てのけたね」

「何を?」

「芒の原で、さ」

「ああ……」

「もう少したったら、私たちも発とうよ」

「えっ……じゃあ、小杉さんを……」

「追いぬいて行くのさ」

「なるほど」

「ねえ、彦さん……」

「え……？」

「小杉十五郎というお人は、いいねえ」

「いいねえ」

「それに引きかえ、牛堀道場の、ばかども、はどうだ」

「小杉さんを首尾よく斬り殺したら、その片桐だとか松平だとかいう大旗本《おおはたもと》から、何か、うまいことをしてくれるのではないかねえ」

「そんなことだろうよ」

「いかに小杉さんといえども、一度に、六人……八人を相手にしたのでは……」

「勝ち目はない」


この夜。

牛堀道場の一行は、駿府へ泊っており、先へ行く片桐隼人一行は御油《ごゆ》へ泊っていた。

万年屋を出た小杉十五郎は、藤枝から二里七丁をすすみ、島田の旅籠〔紀伊国屋〕方へ、あらためて旅装を解いている。

後から万年屋を発した藤枝梅安は、見送りに出た中年の女中に、

「私の連れのお侍さんは、どっちへ行ったね？」

と、尋ね、十五郎が島田の方へ向ったことをたしかめた。

「これは彦さん。小杉さんは先へ行った連中へ、先ず追いつくつもりらしいね」

「なるほど……」

梅安と彦次郎は、十五郎とは反対に、東海道を下り、藤枝から二里はなれた岡部の宿の旅籠〔亀甲屋久平《きっこうや》〕方へ、あらためて草鞋のひもをといたのである。

九

岡部の宿の外《はず》れに、朝日奈《あさひな》川という川がながれてい、長さ二十八間《けん》の横打橋《よこうちばし》が懸《か》かっている。

岡部へ泊った翌朝。まだ暗いうちに藤枝梅安と彦次郎は旅籠を出て、横打橋の橋下の川原へすわりこみ、女中につくらせた握り飯を食べた。

日がのぼった。今日も、よい天気らしい。

朝の街道を行き交う旅人が何人も、頭上の橋板を踏みわたって行く。

梅安は、岡部で買って来た茣蓙《ござ》を敷き、寝そべっていたが、彦次郎のほうは間断なく、岡部の宿の方を注視していた。

四ツ(午前十時)ごろであったろうか……。

「来たぜ、梅安さん。あの連中だ」

彦次郎の声に、むっくりと身を起した梅安が、

「どれ……？」

いましも岡部の方からこちらへやって来る六人の侍たちを見て、

「みんな、強そうだね」

「足の運びはひどく速いが、腰も躰もぴしりときまっている。牛堀道場の中でも、小杉さんを憎んでいる奴らばかりなのだろうよ」

六人は、見る間に近づいて来て、横打橋をわたって行った。

「彦さん。すまないが、たのむ。私は少々、買物をして行くから……」

「いいとも」

すぐに、彦次郎は飛び出し、見え隠れに六人を尾行しはじめた。

この日も、とっぷり暮れてから、神保弥市郎を先頭に牛堀道場の六人が掛川の宿へ入った。

掛川は、太田備中守（五万三千石）の城下でもある。

一人が、宿場の本陣・沢野弥三衛門方へ駆けつけて行ったのは、先発した片桐隼人一行の連絡をたしかめたにちがいない。

一行が泊ったのは、旅籠・山田屋勘兵衛方であった。山田屋は大きな旅籠で、奥庭がひろく、これに客室が鉤《かぎ》ノ手に廻っている。牛堀道場一行は、いちばん奥まったところの二間

へ、三人ずつ入った。

夕飯の膳が下ってからも、六人は酒をのみつづけている。道中の費用は、片桐・松平両家からたっぷりと出ているし、昨夜は六人とも、駿府で女を買った。神保弥市郎をはじめ、六人とも旗本の次・三男ばかりで、牛堀道場でも腕きぎぞろいの剣士たちだ。なるほど一対一なら、小杉十五郎も決して負《ひ》けはとるまいが、こやつどもが一度に斬ってかかったら、とてもかなうものではない。

この夜は、さすがに女を抱かなかったけれども、とにかく、あびるようにのむ。連日強行の道中の疲れを酒で除《と》り、ぐっすりとねむろうというのだ。

「小杉ごとき素浪人に、天下の旗本が虚仮《こけ》にされてなるものか!!」

この一念に、六人は燃えている。

一対一では、かねて、小杉十五郎に打ち据えられていた六人だけに、片桐謙之助・松平新次郎を討たれたことへの報復というよりも、数をたのみ、自分たちの恨みをはらそうという気勢に昂《たか》ぶっている。

ようやくに酒からはなれ、女中に寝床をのべさせ、六人が身を横たえたのは、五ツ半(午後九時)ごろである。

女中は行燈《あんどん》におおいを掛けて去った。

と……。

すぐに、

「もし……おねがいでございます。座頭《ざとう》の梅《うめ》の市《いち》と申す者でございますが、肩や腰のお疲れを、あの、もみほぐさせていただけませぬか？」

廊下で、声がした。

「おお、按摩《あんま》か。ちょうどよい。入れ」

すぐさま応じたのは、ほかならぬ神保弥市郎であった。

「あっ、さようでございまするか、かたじけのうございます」

障子を開け、大男の愛嬌《あいきょう》のよい顔つきの座頭が入って来た。

宿場宿場の旅籠には、こうした座頭があらわれ、もみ療治をする。これがまた、旅人にとっては実にたのしみなものであった。

「おれにも、後で、たのむぞ」

弥市郎のとなりに寝ている山崎一馬《かずま》がいった。

「はい、はい。かしこまりましてございます」

こたえておいて梅の市が、寝床へ横たわったままの、神保弥市郎の躰をもみはじめた。

「う……ああ……」

たまらぬここちよさに、弥市郎が、

「まさに、これは、極楽だ……」

「これで、よろしゅうございますか」

「うむ。充分にもみほぐしてくれい」

「はい、はい」

梅の市の、ツボを心得きった按摩術は大したもので、

「こ、これは、うまい。この按摩、うまいぞ、うむ……」

などといっているうち、神保弥市郎は、たちまちに眠りへひきこまれてしまったのだ。

梅の市は、右腕でもみながら、左手をふところへ入れ、何か、まさぐっていたかとおもうと、ふところ手のままに出した左手の指先につまんだ三寸余の太目の針を口にくわえ、じろりと、となりの寝床の山崎一馬を見やった。

山崎も、その向うの大谷も、大いびきをかき、眠りこけていた。

つい先刻までの、愛嬌笑いを惜しまなかった〔梅の市〕とは別人のような顔貌となり、藤枝梅安は左手をふところからぬき出し、弥市郎の腰をもみつつ、今度は右手を、ふところへ入れ、革づくりの指袋《ゆびぶくろ》を親指へはめこみ、これを、さっと抜き出したとおもったら、口にくわえた仕掛針をとるや、横に身をひねりざま、神保弥市郎の延髄《えんずい》へぷすりと突き入れた。

「う……」

弥市郎は、わずかにうめいたのみだ。その口を早くも梅安の左掌《て》がふさいでいる。

ぐったりとなった弥市郎を見下ろしてから、梅安は、弥市郎の盆《ぼん》の窪《くぼ》から仕掛針を引き抜

いた。

　となりの山崎は、こちらに背を向け、その向うの大谷は仰向けになり、二人とも、

「蹴飛ばしても起きぬ……」

　ような寝顔であった。

　間もなく……。

　藤枝梅安が廊下へあらわれた。

　旅籠の内は、寝しずまっている。わずかに店先の方に灯りがついていて、人のはなし声がするのは、旅籠の者が、まだ起きているのだ。

「すみましたかえ、梅安さん」

　となりの部屋を見張っていた彦次郎の声が、廊下の闇にきこえた。

　うなずいて見せた梅安が、

「そっちは？」

「三人とも、ぐっすり寝込んでいる」

「よし」

　音もなく、彦次郎が開けた障子の中へ、梅安がすっと消えた。

　梅安と彦次郎は、翌朝早く、山田屋を発った。

　梅安は医者ふうの立派な旅姿で、彦次郎は供の下男に見える。

見送りに出た女中へ、

「世話になったな」

梅安は悠々と笑いかけ、朝靄《あさもや》のたちこめる戸外《おもて》へ出て行ったのである。

六人の侍の変死体が発見されたのは、それから一刻後であった。

だが、死因もわからぬし、町役人も旅籠の者も、だれ一人、梅安・彦次郎をうたがわなかった。

そのころには、すでに、何人もの早立ちの客が山田屋を出てしまっていた。

十

藤枝梅安と彦次郎が、小杉十五郎へ追いついたのは、つぎの日の昼すぎであった。

東海道・吉田（現・愛知県豊橋市）の外れをながれる豊川《とよかわ》に懸《か》かる百二十間の吉田橋を、ゆっくりと渡って行く小杉十五郎は編笠もかぶっていない。おのれの顔を充分にさらし、先行している片桐謙之助の兄・隼人と出合うつもりらしい。

風は絶えていたが、この日は朝から密雲がたれこめ、底冷えが強《きつ》い。

「どうする？」

彦次郎がいうのへ、

「ま、もう少し、後からつけて行こう」

と、梅安はこたえた。

ちょうど、そのころ……。

片桐隼人一行三名は、岡崎の城下をすぎ、東海道を引き返していたのである。

彼らは、伊勢の桑名城下まで急行したが、ついに十五郎を見ることができず、道中の泊り泊りに、尋ねたがわからないので、

（もしや……小杉十五郎を追い越してしまったのではないか？……どうも、そうらしい）

と、おもい迷った結果、東海道を引き返すことになったのだ。

一方、小杉十五郎は、この日の七ツ（午後四時）ごろに、御油の宿場へ入った。

十五郎は、この夜を、二里あまり先の藤川に泊るつもりでいる。

で、御油の宿場町をぬけ、一気に赤坂を通過するつもりで、すこし、足を速めた。これまでは、相手に、こちらを発見させるため、わざとゆるゆる歩みを運んで来たのだが、そうしていては、後ろから来る六人に追いつかれてしまう。十五郎は先ず、片桐の兄・隼人に出合い、当夜の事情をはなし、それでも聞き入れてもらえぬときは、尋常に勝負を決するつもりであった。

（とにかく、おれの一存《いちぞん》も彼らにつたえておかねばならぬ）

このことであった。

こちらから手を出して斬ったのではないのだ。

松平斧太郎が彦次郎の吹矢に傷つけられ、三島にとどまっているとすれば、いまの場合、片桐隼人に釈明するよりほかはない。聞き入れてくれるとはおもわぬが、自分の立場を相手にも語らぬまま、斬死をしたのでは、たまったものではない。藤枝梅安なら「つまらぬやつどもなどを相手にせず、私といっしょに身を隠してしまいなさい」というだろうが、これ以上、梅安や彦次郎に迷惑はかけたくないのである。だが十五郎も、むりに死ぬつもりはない。片桐の兄に、このまま出合うことなく、自分が上方へ着いてしまえば、こちらから相手を探すまでのことはない、と、考えている。

それから先のことは、十五郎にもわからぬことであった。

御油の宿を出ると、両側の松並木が、街道の空をおおい、曇り日だけに、とても七ツ時とはおもえぬうす暗さだ。

旅人の姿も絶えていたが、間もなく、赤坂の方から三人の旅の侍がこちらへやって来るのが見えた。十五郎は片桐隼人に見おぼえはない。だが、おそらく自分の顔を見知っている者が、隼人について来ているにちがいない。

そやつが、三人の中にいた。

謙之助の供をして、牛堀道場へ何度も来たことのある片桐家の家来が、いた。

かまわずに小杉十五郎は足をすすめた。

向うの三人が近づくにつれ、あきらかに、こちらを注視し、それが動揺と緊張に変るのが、よくわかった。

中の一人がこちらを指し、何か叫んだ。青木忠八である。

三人が、いっせいに笠をぬぎ捨てるのを見て、

「待たれい。はなすことがある」

十五郎が足をとめ、大声にいった。

三人は、聞くものではなかった。

いっせいに大刀を抜きはらい、三人が猛然と、十五郎へ肉薄して来た。

「待て。ばかな……」

よびかけたのだが、十五郎は、

(もう、これまでだ)

と、感じた。説得の無益《むやく》を知った。

するすると後退しつつ、十五郎は大刀の鯉口《こいぐち》を切った。

その面上へ、片桐隼人が、

「弟・謙之助の敵《かたき》を討つ!!」

叫ぶや、走り寄って刃《やいば》を打ち込んだ。

身をひねってかわしざま、横へ飛んだ十五郎は、

「うぬ‼」

追いせまる隼人には構わず、左側からせまる青木忠八へ抜き打ちの一撃を浴びせた。

「あっ……」

横びんを傷つけられ、よろめく青木の胴をなぎはらった十五郎の側面から、

「たあっ‼」

すくいあげるように片桐隼人の一刀が薙《な》ぎつけて来る。一刀流の達者ときいていたが、なるほど、鋭い刃風だ。

十五郎の躰が独楽《こま》のごとく廻って、松並木の間へ飛び込んだ。

「くそ‼」

いま一人の家来・山岡勝造が、これを追わんとして、

「ああっ……」

悲鳴を発した。

十五郎が逃れた松並木とは反対側の、松の木蔭から躍り出した大男が、風を巻いて山岡の背後へ襲いかかり、短刀《あいくち》を背中へ突き刺したのである。

それを見たか、どうか……片桐隼人は、早くも十五郎の後を追い、松並木の向う側へ飛び出している。

小杉十五郎は、すこしはなれた畑の中の草原まで駆けて行き、そこで立ちどまって振り向

くや、

「お相手いたそう」

ぴたりと、大刀を正眼に構えた。

山岡を刺殺した大男は、すぐさま、松の木蔭に隠れた。藤枝梅安である。

彦次郎が其処《そこ》に、しゃがみこんでいた。

「早かったね、梅安さん」

「うむ……」

と、梅安は彼方《かなた》の草原で斬り合っている十五郎と隼人を見まもり、

「これで一人と一人だ。もう手出しはしませんよ、小杉さん」

つぶやいたものである。

雨が叩いて来た。

松並木の街道に倒れ伏し、息絶えている青木と山岡……その山岡の、うつ伏せに倒れている背中には、梅安の短刀が突き立ったままになっている。

雨の中を駆けて来た夫婦者らしい旅人が、二人の死体を見て悲鳴をあげた。

その叫び声を背中に聞きながら、藤枝梅安も彦次郎も微動だにせず、向うの草原を見つめている。

旅人は、無我夢中の態《てい》で、御油の方へ逃げて行った。

急に、雨がひどくなってきた。

白い雨の幕の中で、草原に入り乱れ、斬り合い、撃ち合っていた二人のうちの一人が刀を放り落し、両手を空へ突きあげるようなかたちで、ゆっくりと両ひざを落し、倒れ伏すのが見えた。

「小杉さんが勝った……」

事もなげに梅安がいい、立ちあがった。

十一

細くて嫋《しな》やかな、そして真白な女の躰が、まるで水に漬《つ》かったような汗に濡れつくしていた。

だが、女の小さな乳房へ押しつけられている藤枝梅安の厚い胸肌にはうすい汗も浮いてはいない。

ここは、京の祇園町《ぎおんまち》の茶屋〔井筒《いづつ》〕の離れで、この茶屋は、大坂の香具師《やし》の元締・白子屋菊右衛門が妾のお崎に経営させているのである。

東海道・御油と赤坂の間の松並木での決闘があった日から、半月ほどたっていた。

小杉十五郎と彦次郎は、五条橋・東詰の旅宿〔玉水屋〕方へ泊めておき、梅安だけが三日前から、この〔井筒〕へ移っていた。

白子屋菊右衛門から、

「井筒から、うごかんでいてほしい」

という伝言があったからだ。

これは、梅安が金百両で引き受けた仕掛けの日がせまって来たことを意味する。

京へ到着した梅安を迎え、菊右衛門は、

「もう、来てはくれぬかと、おもうていた……」

ほっとした様子で、

「今度ばかりは、梅安さんにたのみたかったのじゃ。間に合わぬといかぬので、気が気ではなかった」

と、いった。

その仕掛けは、百両の仕掛金をもらうにしては、わけがないようにおもえた。何から何まで、白子屋菊右衛門が手引きをしてくれるというのである。

つまり、その日、その時に、菊右衛門が手引きする場所で、相手を殺せばよい。

「だが、これは、なみの仕掛人ではできぬ。場所が場所ゆえ、な」

と、菊右衛門が謎めいたことをいった。

「肚《はら》のすわった、しかも見てくれのよいお人でないと、な」

「前もって、聞かせてもらえぬのですか?」

「いや、聞かぬほうがよろし。その日のことでええのや」

「ふうむ……」

その日が、明日になった。

菊右衛門の使いが大坂から〔井筒〕へ来て、そのことを梅安につたえた。

そして、夜になり、離れの寝間へ引き取った梅安のもとへ、女が来たのだ。

この女は〔井筒〕の茶汲女《ちゃくみおんな》に出たばかりの、若い京女である。女あるじのお崎の、これは梅安への〔こころ入れ〕であるらしい。

入って来て、抱かれたときの女は、一言もいわず、顔をそむけ、眉をしかめていたのだが、梅安の両腕に細い躰をもみしだかれるうち、狂い声を発し、おもいもかけぬ仕ぐさをしはじめた。

(そうだ……この茶屋の名と、おもんの……)

おもんが女中をしている浅草の料亭〔井筒〕とは、店の名が同じであることに、いま、梅安は、はじめて気づいた。

梅安の躰の下で、

(どうして、このようになってしまうのか、自分でもわからない……)

といったふうに、女が烈しく顔を左右に振っている。その顔から汗の玉が飛び散っているのが、枕もとの行燈の灯りではっきりと見えた。

梅安は、おもんの浅ぐろく肥えた、あたたかい肌身をおもい起していた。

おもんのときは、このように女の躰をあつかわぬ梅安であった。

虫も殺さぬような、しかも冷めたく気取りきっていた美しい女であったのが、いまは、あられもなく取り乱し、歯をむき出し、何やら猥《みだ》らなことを口走りつつ、この茶汲女は、しきりに梅安の肌へ爪《つめ》を立てるのである。

しだいに、梅安は興《きょう》ざめがしてきて、舌打ちをもらし、

「もう、やめたよ」

いうや、身を起し、さっさと寝間から出て行ってしまった。

湯をあびてもどって来ると、女は、もう居なかった。

乱れつくした夜具が、そのままになっている。

梅安は苦笑をした。

それから寝間の中を片づけ、江戸から持って来た小さな砥石《といし》を出し、三本の仕掛針を丁寧《ていねい》に砥《と》ぎはじめた。

それから三日後に、藤枝梅安と彦次郎は、京を発ち、東海道を江戸へ向った。

小杉十五郎の身柄は、白子屋菊右衛門が、

「わしがあずかろう。決してこの道へは入れぬゆえ、梅安さん、安心しなされ」

と、いってくれた。この道とは、仕掛人のことを指したにちがいない。

菊右衛門の、こうしたときの言葉は、信ずるに足るものがある。

「小杉さん、一年たてば、江戸へもどれるようにします。それまで辛抱《しんぼう》を……」

梅安は、十五郎にそういった。

「はい。よう、わかった」

素直に、十五郎はうなずいてくれたものである。

「で、梅安さん。今度の、白子屋の元締の仕掛けは、どんなだったのだえ？　どうも、むずかしい、ひどく骨が折れたような……おれには、そう見えたがね」

京を出てから彦次郎が、そういったのへ、梅安は微妙な表情を見せ、重苦しい声で、こういった。

「たった一日のことだが、疲れたよ」

「いったい、どんな？」

「おもいもかけぬ場所で仕掛けたのさ」

「どこだね、そこは……？」

「私も、びっくりした。まあ彦さん。こいつはいわぬほうがよい。また、いまさら、いいたくもない。白子屋の元締は凄い人だよ、彦さん。とにかく、私も、あのような場所へ入ったのは、はじめてだったから……」

「きかせてくれ、たのむよ、梅安さん」

「二条の御城の中さ」

「えっ……」

二条城は、京都における徳川幕府の象徴《しょうちょう》である。

なんと、その城の中で、梅安が仕掛けをおこなったというのだ。

「ふうん……」

といったきり、さすがの彦次郎も二の句がつげなかった。

それきりで、藤枝梅安は、今度の仕掛けについて一言も洩《も》らさなかった。

いずれにせよ、百両の大金を支払った上に、小杉十五郎の身柄を引き受けてくれた白子屋菊右衛門にとっても、これは大仕事だったにちがいない。それだけに、梅安への感謝の念が深かったに相違ない。

二人は、京を発して八日目に、藤枝へ入った。

冬めいてきた空は冷めたく晴れわたってい、むかし梅安が両親と住んでいた家の横手の銀《いち》杏《よう》の葉が、はたはたと落ちている。

「彦さん。今日の泊りは、鞠子《まりこ》だったね」

「うむ。鞠子の桔梗屋《ききょうや》がいいと、お前さんがいいなすったじゃあねえか」

「うむ……」

清水橋の高札場の前で、足をとめた梅安が、

「すまないが、彦さん。先へ行ってくれぬか」

「え……?」

「この藤枝に、ちょいと用がある」

「あ……そうだ。この宿《しゅく》は、お前さんの生まれなすったところだ」

「たのむ」

「いいとも……」

ひとり、のみこみ顔《がお》で、彦次郎は橋をわたって行った。

すこしおくれて、梅安は橋をわたり、川岸の道を左へ曲がった。

三州屋という、あの蕎麦屋へ入った梅安を見て、店の老爺が、

「あ……この前の……」

なつかしそうに、近寄って来た。

梅安のほかに客はいない。

窓ぎわの入れこみへすわり、梅安は障子を細目に開けた。

川辺りの柿の木には、もう実がついてなかった。黄ばんだ葉が寒ざむと枝にしがみついている。

小川の向うの炭屋の店先に、あの〔富公〕とよばれていた小僧の姿は見えず、中年男のあるじが荷車に炭を積んでいた。

「もし……」

熱い酒を運んで来た老爺が、梅安の耳もとへささやいた。

「旦那。富公は五日前に、死にましたよ」

「何……」

「風邪《かぜ》がもとで、ひどく熱を出して、二日の間に死んじまいました」

「五日前に、か……」

「ですが、あの炭屋の因業《いんごう》野郎め、蔭でどんなあつかいをしていやがったか、知れたものじゃあない、と、このあたりでも、うわさをしておりますよ。ろくに、薬ものませなかったのじゃあないか、と……」

返事のかわりに、梅安が一分金を投げ出し、

「釣はいらぬ」

といい、立ちあがった。

「もし、もし。旦那は、あの、富公と何か……？」

「いや、何のゆかりもない」

外へ出た藤枝梅安は、柿の木の下に佇《たたず》み、炭屋を見た。

炭屋のあるじは、何かぶつぶついいながら炭を積みこみ、縄をまわしはじめている。

梅安の眼に、青白い殺気がただよった。

だが……。

それも一瞬のことだ。

微《かす》かにくびを振ったかとおもうと、梅安は急ぎ足に川岸の道を歩み出した。

このとき、いつの間にか頭上の空を灰色の雲がおおってきて、雨が落ちて来た。

初時雨《はつしぐれ》である。

街道を出て、藤枝の町を東へたどる藤枝梅安の、打《う》ち拉《ひし》がれた、悄然《しょうぜん》たる後姿を見たら、彦次郎とてもそれとは気づかなかったろう。

宿場町の板屋根に、雨がさびしげに音をたてている。

笠をかぶった梅安の旅姿は、もう、どこにも見えなかった。

闇の大川橋

一

その夜。

藤枝梅安が、懇意《こんい》にしている町医者・堀本桃庵《ほりもととうあん》宅を辞《じ》したのは、五ツ半（午後九時）ごろであったろうか……。

このところ三日ほど、梅安は桃庵宅へ泊りこんでいた。

それというのも、六十を越えた桃庵老先生が肝ノ臓を悪くして寝込んでしまい、

「これは、もう、梅安殿《どの》の鍼《はり》がもっともよい」

というので、医生《いせい》を、品川台町の梅安宅へ走らせたのである。

これまでに梅安は、いろいろと堀本桃庵に厄介《やっかい》をかけている。捨ててはおけなかった。

小杉十五郎の身柄を、大坂の白子屋菊右衛門のもとへあずけ、何やら暗澹《あんたん》たるおもいを胸

に抱いて、彦次郎と共に江戸へ帰って来たばかりの藤枝梅安であったが、

「よろしい。いっしょにまいろう」

医生に鍼の道具を持たせ、すぐさま、北本所・表町の桃庵宅へおもむいたのであった。

三日も泊りこみ、治療をほどこしたので、桃庵の病状は軽快となった。

実は、この夜も泊るつもりでいたのだが、ふと、江戸へもどって以来、まだ一度も逢っていない座敷女中のおもんの肌身が恋しくなり、

「桃庵先生。明日の朝、かならず戻ってまいりますから……」

と、いいおき、浅草橋場《はしば》の料亭〔井筒〕へ泊るつもりの梅安は桃庵宅を出て、大川沿いの道を北へ……大川橋（吾妻橋《あづまばし》）の袂《たもと》まで来た。

すでに、師走《しわす》（陰暦十二月）である。

風は絶えていたが、いまに雪でも落ちて来そうな、底冷えの強《きつ》い暗夜《あんや》だ。

むろん、人通りは全く絶えてい、大川をすべる船の、艪《ろ》の音もきこえぬ。

梅安は、右手にぶら提灯《ぢょうちん》を持ち、左はふところ手にして、大川橋をわたりはじめた。

大川橋は、浅草の花川戸《はなかわど》から本所の中《なか》ノ郷《ごう》へ架《か》かる長さ八十四間《けん》、幅三間半の大橋《たいきょう》で、安永三年の十月十七日に大川へ架けられ、はるばる大和の国から江戸へ出て来ていた八十七歳の老翁が渡り初《ぞ》めをしたそうな。

その大川橋をわたりつつあった藤枝梅安が、

「や……？」

おもわず、足をとめた。

橋の中程で、

「う、うう……」

人の、うなり声がする。

身を屈《かが》めた梅安の耳へ、大川橋を浅草の方へ駆け去る人の足音がつたわって来た。

(だれか、斬られたのではないか？)

ふところからぬいた左手に提灯を持ち替え、梅安は橋上を走った。

人が倒れていた。うめいている。

「これ、おい……」

片手に抱き起し、提灯をさしつけて見ると、四十がらみの男で、顔半面が血にそまっていた。

「斬られたのか？」

「う、うう……」

「しっかりしろ。すぐに、手当をしてやる」

男の傷は、左の鬢《びん》から顎《あご》にかけて一ヵ所。これは大したことはないが、背中を深ぶかと突き刺されている。梅安は、その傷口を男の羽織でふさぎ、これを抱きあげ、肩へ担《かつ》いだ。

（こうなったら、桃庵先生のところへ、運びこむよりほかはない）

と、おもったのだ。

堀本桃庵は、すぐれた外科医である。

「しっかりしろ。もう、すぐだ。すぐに、手当をしてやるぞ」

大川橋をわたり返し、北本所の桃庵宅まで四、五町というところか……。

巨漢の梅安は、男を担いで息も切らせずに駆けもどった。

「なんじゃと、人が斬られた……？」

桃庵がはね起きて来てくれた。

診察にあてられた板の間の台へ、うつ伏せに寝かされた男の傷口をあらため、

「これは……」

桃庵は声をのみ、梅安にかぶりを振って見せたが、すぐさま医生に手つだわせ、手当にかかった。

男は気をうしなっていたが、桃庵の手当がすすむにつれ、凄《すさ》まじいうなり声をあげはじめた。

町人の姿なのだが、どことなく、

（ただの町人ではない……）

と、梅安は看《み》ている。様子が灰汁《あく》ぬけてい、着物の裾を端折《はしょ》った下に花色の絹股引《ぱっち》、白足《しろた》

袋《び》に麻裏草履《あさうらぞうり》といういでたちであった。

果して、

「や……この男は……」

はじめは、うつ伏せになっていたので気づかなかった堀本桃庵が、このとき、男の顔をはっきりと見て、

「これは、豊治郎《とよじろう》ではないか……」

「御存知の男なので?」

「浅草の福富町《ふくとみちょう》二丁目に住んでいる御用聞きだよ、梅安さん」

御用聞きは、町奉行所の最下部にあって探偵にはたらくもので、いわゆる「お上《かみ》の御用をつとめる」ことを、はっきりとおもてに出し、活動することをゆるされ、目明《めあか》しともよばれている。

豊治郎は、

「福富町の親分……」

と、よばれ、配下の下《した》っ引《ぴき》も手がそろってい、土地《ところ》では評判のよい男であった。

「おい、おい……これ、わしじゃ。堀本桃庵だ、わかるか」

医生に傷の手当をまかせた桃庵が、豊治郎の耳へ口をよせてよばわると、

「う、う……」

わずかに眼をひらいた豊治郎が、

「あっ……と、桃庵先生……」

「わかったか。よし、よし、凝《じっ》としておれ、凝と……」

「う、うう……」

たちまち、豊治郎の呼吸がせわしくなり、桃庵の襟《えり》もとをつかんで、必死に半身を起そうとするのを、梅安が抱きささえてやった。もはや、手当どころではない。豊治郎は死のうとしている。

「これ、豊治郎。何か、いい遺《のこ》すことでもあるのか?」

「と、とうあん、せ……」

「しっかりしろ、これ、おい……」

「あ、あべ……」

「あべ?」

「あべ、あ……くやしい、ちくしょう……」

「豊治郎。おい、これ……」

「あべ、あ……」

いいさして、ついに、いい切れず、御用聞き・豊治郎は堀本桃庵の腕の中で、がっくりと息絶えてしまった。

外は、雪になったようだ。

二

御用聞き・豊治郎の家は、浅草の幕府御米蔵《おこめぐら》の前通り……すなわち蔵前通りを、御米蔵の上《かみ》の門のあたりから北へ入ったところにある。

上が一間《ひとま》、下が二間の小さな二階家で、豊治郎は女房お吉《きち》と、十六になるひとり娘のお清と仲良く暮していた。

お吉は、蔵前通りの元旅籠《もとはたご》二丁目にある巴屋《ともえや》という大きな料理屋の長女に生まれ、豊治郎へ嫁《とつ》いだ。

豊治郎は、そのころ、死んだ父親の伊助《いすけ》の跡をつぎ、お上《かみ》から十手《じって》捕縄《とりなわ》をあずかることになったばかりで、お吉のほうが豊治郎に夢中となり、父や兄の反対を押し切って夫婦になったのだ。二人は子供のころからの、いわゆる幼馴《おさなな》じみであったという。

土地《ところ》では、伊助の評判もよかったし、豊治郎もまた、父親からきびしく仕つけられたと見え、やたらに「十手風を吹かす……」ようなまねはすこしもなかった。そういうところを斟《しん》酌《しゃく》されて、お吉の父や兄も、二人が夫婦になるのをゆるしたのであろう。

もともと、御用聞きなぞという稼業は、堅気《かたぎ》の人びとから見ると、

「あまり、よいものではない……」

のである。

町奉行所の手先である御用聞きは、あくまでも刑事活動の下部にあってはたらくわけだが、それだけに蔭へまわり、悪辣《あくらつ》なまねをする者がすくなくない。

奉行所からは別に、暮して行けるだけの俸給が出るわけではなし、俗に「下女より安い」といわれる手当をもらうだけであった。もちろん、仕事を助けている同心や与力から、いくぶんの世話はうけているけれども、御用聞きは御用聞きで、自分の下に何人もの密偵を抱えてい、その面倒を見なくてはならぬ。それでないと、充分な活動ができない。

だから、ついつい顔を利《き》かせて、縄張りの、

「土地《ところ》をひとまわりすれば、一分や二分はすぐに入る」

などというひどいやつも出て来ることになるし、もっと大きな場所から、あくどい金を巻きあげる御用聞きもめずらしくない。

「豊治郎の父親というのは、ひどい貧乏暮しをしながら、お上の御用にはたらいていたそうだが……」

と、堀本桃庵が、豊治郎の死顔を見まもりつつ、

「ところが、女房の実家《さと》の巴屋では、こうなったからには、むすめの亭主を立派な御用聞きにしなくてはいけないというので、暮しが困らぬようにしてやった。だから豊治郎は妙なま

ねをしたり、顔を売ったりすることもなく、ただもう、この世の中の悪業を一つ一つ叩きつぶすため、そりゃもう一所懸命に、はたらいていたものじゃ。いや、わしが知り合うたのは、巴屋のほうでな。いまはもう、女房の父親は亡くなっていて、兄が巴屋の主人《あるじ》におさまっている。これが二年ほど前に梯子段《はしごだん》から落ち、大怪我《けが》をして、わしが治療したのじゃが、それ以来、親しくなってな」

お吉の兄の、巴屋喜太郎《きたろう》夫婦は、以前から、あまり躰《からだ》が丈夫ではないらしく、お吉は五、六年前から毎日、巴屋へ出かけて行き、兄夫婦を助けてきびきびとはたらいている。

「いまでは、巴屋は、お吉で保《も》っている、などとうわさをされているほどじゃよ、梅安殿」

「さようですか……」

豊治郎の死体には、今夜うけた刀痕《とうこん》のみではなく、肩や腕に、いくつもの傷痕がきざまれていた。

医生が、豊治郎の死体を浄《きよ》めるにつれ、その死顔もおだやかなものに変ってゆく。

堀本桃庵同様、これまでに医者として、何人もの死顔を見て来ている藤枝梅安である。

人間という生きものは、どのように悪い奴でも、どのような死様をしても、息絶えてのち、死の静謐《せいひつ》にみちびかれると、やがて例外なしにおだやかな死顔となってゆく。

(私が仕掛人として手にかけた奴も……また、いずれは、ひどい死様をしなくてはならぬ、この梅安も、死んだときは、このようによい顔になるものか……)

いつも、梅安は、そのことを考えている。

仕掛けたときは、相手の死顔がおだやかになるのを見てはいない。すぐに、逃げなくてはならぬからだ。

「ときに堀本先生。この人の家《うち》へ知らせなくては……」

「うむ。そうだな、明日の朝というわけにもゆくまいし……」

「よろしい。私がまいりましょう」

「なに、医生の山本を……」

「いや、私が行きます」

「あ、待ちなさい」

「なんぞ？」

「梅安殿も、さっき、豊治郎が言い遺《のこ》したことばを聞いたな」

「はい」

「その事に、わしたちは立ち入らぬほうがよいとおもうが、どうじゃ？」

豊治郎は「あべ……くやしい……ちくしょう……」と、いった。その中で、はっきりとわからないのは「あべ」の二字である。前後の様子からおして、これは人の苗字《みょうじ》と看《み》てよいのではないか……。

「あべ」は、阿部か安部か……いずれにせよ、先ず姓を口にのぼせたからには、

(武家か、浪人か……)

と、梅安はおもっている。

〔阿部野屋〕なぞという屋号をもつ町家もまれにはあるが、この場合は、どうしても当てはまらぬ。

とすれば、豊治郎の稼業柄、その〔あべ〕某《なにがし》は、何やらの犯罪に関係があるのではないか……。

それは、堀本桃庵も察しているにちがいなかった。

「さようですな」

梅安は、すぐにうなずいた。

「立ち入らぬほうがよろしいでしょう」

「わしは、面倒に巻きこまれるがきらいなのじゃ。毎日の仕事だけで精一杯なのじゃよ」

「ごもっともです」

「では、豊治郎からは何も聞かなんだことにしよう」

と、桃庵は医生に、

「山本。わかったな」

念を入れた。

「では先生。行ってまいります。いえ、私がまいります」

「そうか、そうして下さるか……」

梅安は、堀本家から傘と高下駄を借り、外へ出た。

もしも藤枝梅安が、御用聞き豊治郎の人柄や、その暮しぶりの一端を耳にしなかったら、桃庵のいうままにしていたろう。

他人事《ひとごと》ではない。梅安自身が場合によっては、豊治郎の縄にかかることもなかったとはいえないではないか……。

もっとも堀本桃庵は、梅安の蔭の稼業をまったく知らぬ。ただもう、すぐれた鍼医者《はりいしゃ》として、梅安を高く買っているのだ。

雪が、雪ともおもえずに降っていた。闇夜だから感触だけのことになるのである。

ふたたび、大川橋をわたりながら、梅安は、あの息絶えんとするときの豊治郎の無念そうな形相《ぎょうそう》をおもいうかべていた。

(あれだけの御用聞きが、あれほどにくやしがって死んだのだ。豊治郎を殺した奴は、よほどの悪党にちがいない)

と、おもう。

いずれにしろ、梅安は、豊治郎の女房の顔を見て、その態度をたしかめた上で、豊治郎のことばを告げるつもりであった。

(その上で、私がすることは決まる……)

のである。

大川橋をわたり切って、まっ暗な材木町《ざいもくちょう》の通りを蔵前の方へ曲がったとき、

(や……?)

梅安は、背後に微《かす》かな人の気配を感じた。

感じたが、かまわずに歩をすすめた。

左手の提灯が照らす道に、うすく雪が積もりつつあった。

そして……。

材木町をぬけ、駒形堂《こまがたどう》の前を過ぎたとき、それまで梅安の後をつけて来た人の気配が消えた。

梅安はすこしも歩調を変えず、豊治郎の家へ着き、彼の死を女房に告げた。

三

翌日の昼すぎになって、藤枝梅安は目をさました。

梅安の鼻腔へ、おもんの肌身の匂いが夜具の中からたちのぼってきた。おもんは朝早く、添い寝をしていた梅安の躰からはなれ、出て行ったはずだが、夜具のぬくもりは、まだ、おもんの濃い体臭を外へ逃《のが》さなかった。

昨夜あれから、梅安は堀本桃庵宅へもどらず、浅草・橋場の料亭〔井筒〕へ来て、戸を叩き、いつもの離れ屋へ泊った。

御用聞き豊治郎の家へ着いて、彼の死を告げたとき、女房お吉は気丈《きじょう》に、

「いつかは……こんなことに、なるかも知れないと、おもっておりました。それにしても、あなたさまのおかげで堀本先生に死水《しにみず》をとっていただいたのでございますから、豊治郎も、さぞ、満足でございましたろう。ありがとう存じました」

ていねいに礼をのべた。

「こんなことに、なるかも知れないと、いいなすったな」

「はい。なにぶん、稼業が稼業でございますから……」

「なるほど」

「何か、豊治郎が、いい遺したことはございませんでしょうか？」

「む……」

よほど、このとき、例の「あべ」のことを打ちあけようとおもったが、必死に堪《た》えているお吉は、これから本所へ駆けつけ、夫の亡骸《なきがら》と対面しなくてはならないのだ。

それをおもうと、

(何も、いまでなくともよい)

梅安は、おもい直して、

「いや、手当をされたのは桃庵先生ゆえ、先生にお訊《き》きなさるがよろしい」

「はい」

うなずきながらも、お吉の眼が喰い入るように梅安を見つめていた。

知らせを聞いて、近くの巴屋から若い者が駆けつけて来た。お吉の兄の喜太郎も真青《まっさお》になってあらわれた。ひと目で、梅安は、喜太郎の病身なのは胃《い》ノ腑《ふ》が悪いのだと看てとった。

これだけ、人の手がそろえば、何も自分がお吉につきそって行かなくともよいと考え、梅安は、大川橋のたもとまで、お吉・お清の母子《おやこ》と同行し、そこで別れた。

「いずれ、あらためまして、ごあいさつに……」

と、お吉は泪《なみだ》もうかべずにいった。

(この女が泣くのは、ひとりきりになってからだ。井筒のおもんとは、まるでちがう)

のである。

もしも、おもんが自分の亭主の死を聞いたら、一時は茫然《ぼうぜん》となるにしても、やがてはあたりかまわず、泣き伏してしまうにちがいない。

(いまごろ、あの女房や娘は、どうしているだろうな……?)

手をのばして煙草盆を引き寄せつつ、昨夜、雪の道を泣きじゃくりながら、巴屋の若い者に支《ささ》えられて大川橋をわたって行ったお清の後姿を、梅安はおもいうかべていた。

渡り廊下を近づいて来る足音は、おもんのものであった。

離れの襖《ふすま》が開く音がした。

「おもん。雪は積もったか？」

「ええ、うすく……でも、熄《や》んでしまいました」

いいながら次の間へ入って来たおもんの声が、はずみきっている。足かけ三ヵ月ぶりに江戸へ帰って来た梅安を、おもんは昨夜はじめて見たのである。

次の間の襖が開き、きちんと身仕舞《みじまい》をしたおもんの顔がのぞいた。淡く化粧をしている。瞼《まぶた》がいくぶん腫《は》れている。

「だれかに、彦さんの家へ使いに行ってもらってくれぬか？」

「あい」

「此処《ここ》へ来てもらいたい、と、それだけでいい」

「じゃあ、今夜も泊って下さるんですね？」

「明日は帰らぬといけない」

「でも、うれしい」

「まだ、私を食べたりないのか？」

「まあ、いやな……」

「酒をたのむ。豆腐があれば、それでいい」

「あい、あい」

それから半刻後に、彦次郎が井筒へやって来た。

「彦さん。いいあんばいに居てくれたね」

「江戸へ帰ってからこの方《かた》、楊子《ようじ》ばかりつくっていましたよ、梅安さん」

「私もだ。鍼の治療に精を出していたよ」

「どうもね、帰って来るとき、お前さん、藤枝の宿《しゅく》で、おれと別れて寄り道をしなすったろう。あのときから様子が変だったものだから、品川台町へたずねて行くのも遠慮していたのさ」

「どのように、変だったね？」

「不機嫌に、だまりこくって、江戸へ着くまで、ろくに口もきかなかったものね」

「そうだったか……それは、すまなかった。実は、あのとき、藤枝でな、小さな、その、小僧がひとり、殺されたのを知ったものだから……」

「殺された？」

「病気で死んだのだが、殺されたのも同然さ。なあ、彦さん。人というものは、おのれが手を下さずとも殺せるものなのだよ。時間《とき》をかければ、ね」

「その小僧が、お前さんと、いったいどういう……いや、ま、こんなことを訊いてもはじまらねえ。どうやら今日の梅安さんは以前の梅安さんにもどったようだ。それだけで、おれには何もいうことはねえ」

「さ、炬燵《こたつ》へ入って、酒をのもうよ」

おもんが酒の仕度をしてあらわれ、すぐに出て行った。

「ああ……ここの酒は、ほんとうにうまい」

「ときに彦さん。昨夜ね……」

「何か、あったらしいね。ふ、ふふ。そんな顔つきをしていなさるよ」

そこで梅安は、昨夜のことを語った。

聞いているうちに彦次郎は、のみかけの盃を置き、妙に真剣な目つきになってきた。

聞き終えて、

「そうか、豊治郎親分が、そんなことで死になすったか……」

彦次郎の嘆息は、まさに本物といってよかった。

「彦さん。ばかに、身につまされたようだね」

「あの親分を殺した奴は、それこそ、正真正銘《しょうしんしょうめい》の悪党にちげえねえ」

三年ほど前に彦次郎は、浅草田圃《たんぼ》の万隆寺《まんりゅうじ》門前で、御用聞き豊治郎の活躍を目撃したことがある。

そのとき彦次郎は、表向きの稼業の楊子《ようじ》を、浅草観音の参道にある卯の木屋へおさめ、塩入土手下の我家《わがや》へ帰る途中であった。

万隆寺前で、狂気の浪人が通行人を一人、傷つけた。どこで発狂したのか、それは知らぬが大刀を引きぬきざま、いきなり切りつけ、折しも万隆寺から出て来た僧を、さらに傷つけ、そのまま万隆寺へ飛びこもうとしたのである。とっさに彦次郎も手が出なかった。得意の吹矢《ふきや》でも持っていれば、また、はなしは別であったが……。

ちょうどそこへ通りかかったのが豊治郎で、彼は、一瞬の躊躇《ちゅうちょ》もなく、兇暴な浪人へ組みついて行ったそうである。

「あれはもう、いつどこでも、他人の難儀のためには身を捨ててかかるという覚悟がなくては、とても、できることではないよ、梅安さん」

と、彦次郎はいった。

なにしろ、その浪人は万隆寺の惣門《そうもん》前の、別に大木とはいわぬが松の木の幹を、一太刀に両断するほどの勢いだったそうな。

狂人のちからというものは、想像を絶するものがあるという。

組みついた豊治郎は、はね飛ばされたが、屈せずに、また組みついて行った。

「血だらけになってね、そりゃあもう、凄《すご》いものだったよ、梅安さん」

「彦さんは冷めたい人だね。指をくわえて見物していたのか？」

「ちょっと、肝《きも》を奪われてしまったものだから……だが、血だらけになって組みついて行く親分を見ているうちに、おれは……いや、おればかりではねえ。万隆寺の坊さんたちも、通りがかりの人たちも、石をね。石を投げたよ、その気ちがい浪人へ……」

「それで、親分にも、ちょっと余裕《ゆとり》ができた。そこはさすがだ。ぱっと捕縄《とりなわ》をさばいて浪人へ投げた。あざやかなもので、捕縄が浪人のくびへかかると、ぐいぐい手《た》ぐりこみ、それで、やっと捕まえたのだが、梅安さん……豊治郎親分は、肩から腕、背中と、傷だらけの血だらけだった」

「ほう……」

そのときの刀痕を、梅安は昨夜、豊治郎の死体に見ている。

四

翌日になって、藤枝梅安は品川台町の我家へ帰った。

このところ数日、家を留守にしていた。

近辺の患者の治療も、たまっていたのである。

「おやまあ、先生。どこを、ほっつき歩いていなすっただよう」

留守をうけたまわる近所の百姓の老婆・おせきが、

「そんなにまあ、精《せい》を抜いて来ねえでもいいによう」

と、いった。

どうも婆さん、このごろは馴《な》れ馴れしくなってきて、遠慮会釈もない口をきく。

「何度も何度も、客が見えてね、先生……」

「どんな客だ?」

「ひとりですよう」

「ひとり……それが何度も?」

「そうですともね」

「だれだ?」

「一昨日、やって来て、この手紙を置いて行っただよ」

「どれ……」

ひらいてみると、文面は、つぎのごとくであった。

音羽《おとわ》の半右衛門《はんえもん》と申します。

札掛《ふだかけ》の吉兵衛《きちべえ》さんとは、ごく親しく、したがって梅安先生のお名前は、よくよく、承知をいたしております。

吉兵衛さんにも、すじを通しておきましたゆえ、一度、ぜひ、私に会ってやって下さいまし。

そして、つぎに品川台町へあらわれる日にちが書きしたためてあった。

その日は、明日の昼すぎということになる。

藤枝梅安も、かねて仕掛けをたのまれる香具師《やし》の元締・札掛の吉兵衛から、音羽の半右衛門の名は耳にしていた。

半右衛門は、小石川の音羽九丁目で〔吉田屋〕という料理茶屋の主人《あるじ》におさまっているが、それは表向きのことで、裏へまわれば小石川から雑司《ぞうし》ヶ谷《や》一帯を縄張りにしている香具師の元締であって、江戸のこの世界で、彼の名を知らぬものはない。

札掛の吉兵衛も、かねてから梅安に、

「先生。他《ほか》からの仕掛けのたのみには、私も、あまり、いい気もちはいたしませんが、音羽の半右衛門どんならば、おうけなすっても大丈夫でございますよ。あのお人は、仕掛けのことについちゃあ、それはもう念を入れなさるお人でございます。よくよく納得がゆかねえかぎり、仕掛けは引きうけません。ですからね、あのお人のもって来た仕掛けは、私同様、間ちがいなく、この世の中に生きていてはならねえ奴への仕掛けでございます」

そういったことがある。

いずれにしても、いまの藤枝梅安は、大金をもらって殺人を請負《うけお》う仕掛け仕事は、

(したくない……)

という心境である。

どうも、御用聞き豊治郎の死が気にかかってならぬ。

彦次郎から聞いた豊治郎の挿話《そうわ》が、その梅安の胸をさらに昂《たか》ぶらせていた。

しかし、

（明日、来るというからには、会わぬわけにもゆくまい）

と、おもった。

仕掛人の泥沼へ、深く身を沈めたからには、ぬきさしならない義理もある。

「音羽の元締から、もしも、はないしがあったときには、ぜひとも会ってやって下さいまし。こいつは今から、吉兵衛がおねがい申しておきます」

かねて、札掛の吉兵衛から、そのように念を入れられている梅安であった。

翌朝……。

目ざめると、また、雪が降り出している。

おせき婆がやって来て、火を起し、朝飯の仕度ができるまで、梅安は寝床にもぐっていた。

（どうも、気にかかる……）

ことが、一つある。

あの夜。堀本桃庵宅から福富町の豊治郎宅へ向う途中、大川橋をわたったあたりから駒形堂の近くまで、

（たしかに、私の後をつけて来たやつがいる。とすれば、豊治郎を殺害した奴が、私が豊治郎を堀本先生のところへ担ぎこむのを見とどけていたことになるではないか……）

このことであった。

それは、彦次郎にもはなした。

「梅安さんの勘《かん》ばたらきに狂《くる》いはねえと、おれはおもう。お前さんが後をつけられていたというなら、そいつは間ちがいのないことだ」

と、彦次郎はいった。

それだけに、藤枝梅安は、浅草の井筒から我家へ帰って来るとき、じゅうぶんに気をつけた。

だから、

(この家を、つきとめられてはいまい)

その自信はある。

もっとも、

(来るなら来い、化けの皮を引きめくってやるぞ)

くわしい事情はわからぬながら、何となく、猛然とした気分に梅安はなりつつあった。

おせき婆の掃除の物音を聞きながら、いつしか梅安は、また、ねむりにひきこまれていた。

やがて、遅目《おそめ》の朝飯をすましてから、近辺の患家を三ヵ所ほどまわり、梅安が帰宅すると、おせき婆が、

「先生。お客さんですよ」

「だれだ？」

「音羽の半右衛門さんとかいってましたがね。うふ、ふふ……それがさ、先生。まるで一寸《いっすん》法師《ぼうし》に黴《かび》が生《は》えたような爺《じい》さんさあ」

臆面《おくめん》もなくいいたてるのへ、梅安がじろりとにらむと、婆さんはくびをすくめ、怯《おび》え顔となって上目《うわめ》づかいに低い声で、

「お酒を、出しますかね、先生……？」

「そうしてくれ」

居間の次の間に、なるほど、小さな老人が、かしこまっていた。

老《ふ》けて見えるが音羽の半右衛門は、札掛の吉兵衛にいわせると、

「まだ、五十前でございますよ」

だそうな。

半右衛門の女房で、吉田屋という料理茶屋を切りまわしているおくらは、小さな亭主にくらべると六尺に近いでっぷりとした大女で、半右衛門が駕籠で出かけるときなど、この女房が軽がると亭主を抱きあげ、駕籠へ乗せてやり、

「お早く、お帰り」

と、送り出すのだそうである。

五

「これは、これは、お初にお目にかかりますでございます」

音羽の半右衛門は、あくまでも、慇懃《いんぎん》にあいさつをした。

「ま、こっちへお入り下さい」

梅安が居間へ招じ入れ、

「さあ、そのように頭を下げていられては困ります。おらくに、おらくに……」

「はい、はい」

と、あたまを上げた半右衛門の視線と、それを待ち構えてでもいたかのような藤枝梅安の視線とが、空間で烈しく火花を散らしたかのようであった。

見かわす眼と眼……。

この一瞬のうちに、梅安と半右衛門は、双方の人柄をたがいに看《み》てとったといってよい。

「で、御用のおもむきは？」

そういったときの梅安の顔つきは、もう、おだやかなものになってい、声音も物やわらかに、

「仕掛けのことなら、いまは、ちょいと……」

「いけませぬか？」

「はい」

「それは、どうも……困りました」

真から困惑したように、半右衛門が青ざめてしまい、

「先生をたのみにして、まいりましたのでございますが……」

「それが急に、取りこみごとができてしまいましてな」

「ははあ……」

「先のことではいけませぬか？」

「いえ、それは、先生の御気分しだいのことなので……実は、先生……」

「いや、いまは聞かぬほうがよい。いずれ、このつぎに……」

「ですが、この……その相手を一日だけ生かしておきますと、一日だけ、世の中が迷惑をするということで……」

半右衛門がいいさしたとき、おせき婆が酒を運んであらわれた。

火鉢に小鍋が掛けられる。

昆布を敷いた湯の中へ、厚目に切った大根が、もう煮えかかっていた。

これを小皿にとり、醤油をたらして食べる。

何の手数もかけぬものだが、大根さえよろしければ、こうして食べるのが梅安は大好物で

あった。

「さ、おあがり下さい」

梅安が小皿にとった大根をすすめると、

「へ……」

ちょっと半右衛門が目をみはって、

「ちょうだい、いたします」

ひと口、大根を食べ、

「おいしいものでございますなあ」

と、いった。

「いや、何もなくて……」

梅安は、おせき婆に「もう、帰ってもいいよ」と、いった。

雪は、降りつづいていた。今度は積もるだろう。この寒い雪の中を、半右衛門は約束を違《たが》えずにやって来た。おそらく駕籠で来たのだろうし、若い者もつきそっているにちがいないが、訪ねる先の家の前へ駕籠を乗りつけるようなまねを半右衛門はしなかった。

「もう一つ、いただいて、よろしゅうございますか」

「さあさあ、お気に入ったなら、いくらでもあがって下さい」

ふうふういいながら、二人は、しばらくの間、大根を食べ、酒をのんだ。

「すっかり、もう、あたたまりましてございますよ、先生」

「それは結構。それにしても、この雪の中を、わざわざ、お運びをいただいたのに、お役に立てず、申しわけもありませんな」

「いえ、いえ……どうしても、引きうけていただけぬのなら、これはもう、あきらめるよりほかはございません」

「ま、ひとつ……」

「はい、はい。大変にこの、よいお酒でございますなあ。あ、これはどうも、恐れ入りますでございます」

「あ、これはいけない。いま、酒を……」

銚子《ちょうし》を取って梅安が台所へ立ち、酒の仕度にかかっていると、突如、居間から音羽の半右衛門の声がきこえた。

「あの先生……私、勝手にあの、ひとりごとを申しますでございます。いえもう、お耳に入れていただかなくても結構なので、へい……」

梅安は、苦笑をもらした。

「その野郎は、まことにもって、ふてえ奴なので……」

と、半右衛門の口調が、がらりと変った。怒りと憎悪が、まぎれもなく、その声にこもっている。

「親子そろって、ふてえ野郎どもでございます。七千石の大身《たいしん》旗本をいいことに、これまで何人、人を殺しゃあがったか……いえ何も、おのが手にかけて殺したのではねえ。それでも、野郎どものおかげで、これまでにも、たくさんの人が泣き寝入りをしているにちがいねえのだ。その野郎どもの名は、安部《あべ》長門守《ながとのかみ》と主税之助《ちからのすけ》といってね……」

台所から出て来た藤枝梅安の顔色が、あきらかに変っていた。

「へ、へへ……ひとりごとをいっておりました。申しわけもございません」

半右衛門は、うつ向いて大根を食べている。

「音羽の元締……」

「へ……?」

「この仕掛けのはなし、返事を三日ほど待ってくれますか?」

「え……」

まじまじと梅安を見つめた半右衛門が、

「それでは、お引きうけを……?」

「いや、決めたわけではない。だから、三日、待ってもらいたいと申しています」

「はい、はい」

ふところから、ずっしりと重い金包みを取り出しかけた半右衛門が、

「あ……これは、早まったことを」

「まだ、お引きうけするか、どうか、それはわかりませぬ。よろしいな」

「はい、はい」

それから間もなく、音羽の半右衛門は帰って行った。

玄関まで送って出た藤枝梅安を、半右衛門は両手を合わせて拝むかたちになり、つぶやくがごとく、こういった。

「世のため、人のため、ひ、と、り、ご、と、の利《き》き目《め》がありますように……」

これに対し、梅安はにこりともせぬ。

雪は、霏々《ひひ》として降りしきっていた。

六

つぎの日。

堀本桃庵の医生・山本守《まもる》が、桃庵の手紙をたずさえ、梅安をおとずれた。

それと柄樽《えだる》の清酒に、みごとな鯛《たい》一尾。これは先日の梅安の治療に対する桃庵の礼ごころなのであろう。

返事はいらぬとのことであったから、山本が帰ったのちに、梅安は手紙をひらいてみた。

「……先夜、豊治郎の亡骸《なきがら》を引き取りに来た女房は、何か、いい遺したことはないかと、しきりに問いかけてきたが、わしは何も聞かぬとこたえておいた。梅安どのが担ぎ込んで来たとき、すでに豊治郎は息絶えていたと、そのようにこたえておいた。すると女房は、梅安どのの住居が何処《どこ》にあるのか、と、訊《き》いてきた。わしは知らぬ、と、こたえておいた。どうか、そのつもりでいていただきたいものじゃ」

手紙の文意は、およそ、こうしたものである。

梅安は、積もった雪の中を、あちこちと治療に出歩き、夕暮れになってから帰って来た。

雪は、昼すぎに熄《や》んでいる。

「ああ、いいよ。あとは私がやる。そうか、米を磨《と》いでおいてくれたか、それでよい。それだけでよい。もう帰ってよいぞ、婆さん。風邪をひかぬようにしろ」

と、おせきを帰してから、梅安は、堀本桃庵がとどけてくれた鯛をさばきにかかった。

まず、刺身にし、残る片身は塩焼にしておいた。

鯛の刺身で、たっぷりと酒をのんだ梅安は、濃目《こいめ》にいれた煎茶《せんちゃ》へぱらりと塩をふって吸物がわりにし、残った刺身で飯を四杯も食べた。

もっとも、この日の梅安は朝飯も昼飯も抜いている。何か、深く考えごとをするときの梅安は、ほとんど、物を食べないのである。

夜がふけて……。

炬燵《こたつ》の中に巨《おお》きな躰を窮屈《きゅうくつ》そうに入れ、梅安は、武鑑《ぶかん》をひらいた。昨夜も長い間、武鑑をにらんでいた梅安なのである。
江戸の書肆《しょし》で発行している武鑑には、諸大名のものと旗本のものと、それから幕府役職を中心にしたものと三種類が出ている。
梅安の目の前に置かれてあるのは、小型の〔旗本武鑑〕であった。
その中の〔あ〕の部に、
〔安部長門守行景《ゆきかげ》〕
の名が載っている。
七千石の大身で、屋敷は浅草の元鳥越となってい、そこは、御用聞き豊治郎の家がある福富町からも程近い。おそらく、元鳥越のあたりも、豊治郎の縄張り内といってよいのではないか……。
そして、下屋敷（別邸）が東郊・柳島村《やなぎしま》にある。
さらに、安部長門守の役職をしらべて見ると、将軍家の、
〔御側衆《おそばしゅう》〕
を、つとめているのだ。
御側衆というのは、文字どおり将軍側近《そっきん》の役目であり、いまは五人いて、これが一日交替で江戸城へつめきっている。
のちにわかったことだが、安部長門守は、御用取次《ごようとりつぎ》をも兼ねてい、これは城中の奥向きの

支配をするのだから、相当の権威をもっているといってよい。

幕府最高の役職である老中《ろうじゅう》にしても、次位の若年寄《わかどしより》にしても、御用取次役を通さぬと将軍に自分の言葉をつたえることができないという。

相手が老中といえども、事と次第によっては、

「さようなことを、お上《かみ》へお取次はできませぬ」

と、つっぱねることさえゆるされている。

また、たとえ将軍の言葉でも、時と場合によっては、

「それは、相なりませぬ」

と、拒絶することもあるのだそうな。

「むう……」

武鑑を閉じて、藤枝梅安が微かにうなった。


翌日になって、おせき婆がやって来ると、早くも梅安は身仕度をしており、

「婆さん。今日は出かける」

「また、どこぞへお泊りですかえ?」

「わからぬ。台所にな、鯛の片身が焼いてある。御亭主に食べさせておあげ」

「あれまあ、とんでもねえ。うちの表六玉《ひょうろくだま》は芋《いも》を食っても鯛を食っても味なんぞわかりませ

んよう。それくらいなら、みんな、このおせきがいただいてしめえます」

「勝手にしなさい」

空は、晴れわたっていた。

梅安は、雪解《ゆきど》けのひどい道をゆっくりと歩き、途中から辻駕籠をひろって、浅草蔵前通りの巴屋へ乗りつけた。

ちょうど、昼ごろになっていた。

「おや、先生……」

先夜、梅安の顔を見知っている若い者が、あわてて奥へ知らせに行った。

奥の、しずかな座敷へ通されて、

「酒と……それから後で、御飯を食べさせてもらいましょう」

梅安は、こころづけを座敷女中へわたし、

「ここに、豊治郎さんのお内儀《かみ》さんが来ていなさるだろう。もし、いなすったら、藤枝梅安が、ちょいと、お目にかかりたいと申しあげておくれ」

「かしこまりました」

女中にたのむまでもなく、巴屋喜太郎夫婦とお吉が、そこへあらわれた。

「そのせつは、まことにどうも、ありがとう存じました。いえもう、さっそくに御礼を申しあげなくてはと、堀本桃庵先生に、あなたさまの御住居をうかがいますと、御存知ないとおっしゃるので……それでもう、申しわけないやら、気にかかるやら、まことにもって相すまぬことでございました」

巴屋喜太郎が恐縮しきって、あいさつをした。

「いやいや、そのように申されては却《かえ》って困る。私は、いま、ここの前を通りかかったものだから、雪解けの道をやって来て、お腹《なか》も空《す》いていたので、ちょっと寄らせてもらいました。もうどうか、おかまい下さらぬように、……勝手ながら、そのほうがよい。そうして下さい」

「はい、はい。とにかく、それでは……」

喜太郎たちは、いったん、引きさがって行ったが、すぐにお吉だけが、酒肴《しゅこう》の仕度をし、座敷へもどって来た。

「あ……来てくれましたか」

こうなると、梅安はおもっていた。とにかく、お吉とだけ、はなしをしたい。

「藤枝先生。あの、先夜は……」

「もう、面倒なことはやめましょう。それより、酌をして下さい」

「はい」

「む……さすがに、よい酒だ」

「先生、あの……」

「豊治郎さんの葬式は?」

「三日前に、すませましてございます」

「おかみさん。いまになって、こんなことをいい出すのは、われながら、どうかとおもうのだが……」

「は……?」

「いや、実は……」

いいかけると、お吉が目を血走らせて、すり寄って来た。

「実はね、死ぬ間ぎわに、豊治郎から耳にしたことがある。いえ、堀本先生は、まったく知らぬことだが……」

「な、なんと……豊治郎は、なんと申しましたか?」

「あべ、と、ね」

「あべ……?」

「それだけなのだ。ほんとうに、それだけいって事切れてしまったのだ」

「それだけ……?」

「私がおもうに、それは、どうも、人の苗字のように考えられるのだが……」

「人の、みょうじ……」

いいさして、微かに口を開け、むしろ茫然《ぼうぜん》とした顔つきで空間の一点を見つめていたお吉

が、何をおもい出したものか、

「あ……」

はっと顔色《がんしょく》を変え、

「あべ、ながとのかみ……」

と、いった。

「御存じなのか？」

「いえ、その名を、豊治郎から前に一度、聞いたことがございます」

「そのときの様子を、はなしてみて下さらぬか」

七

それは、半月ほど前のことであったが……。

夜遅く帰って来た豊治郎に、お吉は酒の仕度をした。

その前後の豊治郎は、妙に、気が塞《ふさ》いだような、重苦しい顔つきをしていて、お吉にもお清にも口をきかぬことが多かったらしい。

ふだんは無口の豊治郎なのだが、家で酒をのむと上機嫌になり、女房や娘を相手に、しきりに軽口《かるくち》をたたく。

それが、そのころは酒をのんでも、可愛ゆくて可愛ゆくてたまらないひとり娘のお清が、銚子を取って、

「お父《とっ》つぁん。お酌」

にっこりと笑いかけても、

「う……」

却《かえ》って、むっつりと押し黙り、酒をのむことが、まるで苦痛ででもあるかのようなのみ方をするのである。

で、その夜……。

お吉が酒の仕度をして、しずかに茶の間へ近づいて行くと、

「畜生、あべ、ながとのかみめ……」

と、豊治郎がつぶやくのを耳にした。

お吉は、その〔あべ・ながとのかみ〕が、どのような漢字の姓名なのかは思い浮ばなかったけれども、どこかの大名か旗本の名前らしいことは、たしかにわかった。

お吉は、そっと台所へ引き返し、間をおいて、わざと足音を豊治郎に聞かせ、茶の間へ入って行ったという。

(お上《かみ》の御用で、このごろは何やら、むずかしいことがあるらしい)

と、お吉は看てとったのである。

そのころ、豊治郎が使っている下っ引も、めったに家へ顔を見せず、そのくせ豊治郎は毎日のように出かけ、夜遅く帰って来る。

たしかに、何かの事件を追っているにちがいない。それにしては、下っ引を使わぬようなのが、お吉には腑に落ちなかった。

いつであったか、

「お前さん、ひとりで探《さぐ》っていなさるのかえ?」

と、訊いたことがある。

すると、豊治郎が、

「うむ……」

うなずいて、何やら、しみじみとした口調で、

「こいつはな、お吉。おれひとりでやったほうがいいのだ」

「どうして?」

「むずかしいことでね」

「どんな?」

「お前にいっても、はじまらねえやな」

めずらしく豊治郎が苦《にが》っぽく笑って見せた。

「そりゃ、まあ、そうだねえ」

「今度のことは、骨が折れる」

愚痴《ぐち》めいていったが、すぐに豊治郎は顔の色を引きしめ、

「だが、なんとしても、おれは突きとめずにはおかねえ」

自分で自分に、いいきかせるようなつぶやきであったという。


藤枝梅安が巴屋を出たのは、八ツ半（午後三時）をまわっていたろう。

それから梅安は、北本所の堀本桃庵宅へまわった。

桃庵が患家からもどって来たのは、とっぷりと暮れてからであった。

「桃庵先生。この寒いのに、外へ出てよいのですか？」

「いや、やはり病《や》みあがりだ。辛《つら》いよ。しかし医者であるからには、いつまでも寝てはいられぬし……いや、よく来て下すった。治療をして下さるか？」

「そのために来たのですよ」

「ありがたい、ありがたい」

共に夕餉《ゆうげ》をすませてから、梅安は桃庵の治療にかかった。

携帯《けいたい》用の鍼《はり》道具を、梅安は堀本桃庵宅へ置いてあった。

「う……ああ……よい気もちじゃ」

治療をうけながら、桃庵が、

「ときに梅安殿。先日の、わしがとどけさせた手紙、しかと読んでくれましたな」

「わかっております」

「それならよい。今夜は泊って下さるのだろうな」

「さて……」

「もう夜だ」

「また、明日、様子を診《み》にまいりましょうよ」

「これこれ、嫌《いや》だな、梅安殿」

「え……？」

「この間の晩と、同じような……」

「あ、なるほど。また今夜、大川橋で私は、何か拾い物をするかも知れませんな」

「じょ、冗談ではない」

やがて……。

藤枝梅安は、桃庵宅を辞《じ》した。

裏の戸口まで見送って来た山本医生に、梅安が、

「山本さん。道がまだ、ぬかるんでいて足もとがあぶない。何かこう、杖《つえ》のようなものがありませぬか？」

「はい。探して見ます」

「あ、その……その心張棒《しんばりぼう》のようなのを借りてよいか？」

「かまいませぬ」

「では、ごめん」

「お気をつけられまして」

「はい、はい」

空には、月も星もない。

凍《い》てつくような暗夜であった。

この間の夜と同じように、梅安は、大川橋をわたって行った。

橋の中ほどまで来たとき、橋板に伏せていた黒い影が起きあがり、物もいわずに白刃《しらは》を引きぬき、梅安へ切りつけようとした。

「出たな!!」

怒鳴りつけざま藤枝梅安が左手の提灯を曲者《くせもの》に投げつけておいて、

「たあっ!!」

右手の心張棒を、相手の真向《まっこう》へ打ち込んだ。

「ぎゃあ……」

絶叫があがった。

相手は、このような梅安の反撃を、まったく、おもってもみなかったといえよう。

出端《でばな》を挫《くじ》かれ、脳天を心張棒でなぐりつけられた相手は、へなへなとくずれ倒れた。

「ざまを見ろ」

近寄って見て梅安は、相手が侍であることをたしかめた。

で、尚《なお》も面体《めんてい》をあらためようとした、そのときであった。

大川橋の両側から数人の足音が、梅安目がけて肉薄《にくはく》して来た。

「あっ……」

これは梅安の予想になかったことだ。

倒れた侍の大刀を右手に拾いあげ、左手に心張棒をつかんだ藤枝梅安が、ぱっと飛び退《しさ》って、橋の欄干《らんかん》を背に、

「おのれら、何者だ!!」

と、叫んだ。

ひたひたとせまる白刃が五本。

さすがに梅安も、呼吸がつまった。

八

その夜ふけに……。

塩入土手下の一軒家で、ぐっすりとねむりこんでいた彦次郎は、

「もし……もし……開けてくれ」

戸を叩いて呼ぶ声に目ざめた。

「どなた？」

いったときには、早くも彦次郎の左手が蒲団《ふとん》の下の短刀《あいくち》をつかんでいる。

「私だよ、おい……」

声が、ふるえている。

「私じゃあわかりませんね。名前をいって下さい」

「何を、迷言《よまいごと》をいっているのだ。梅安だよ、梅安……」

「あッ……」

彦次郎が土間へ駆け下り、戸を引き開けると、ずぶ濡れの藤枝梅安がよろよろと入って来て、

「ああ……たまらぬ、死にそうだよ」

ぐったりと、土間へひざをつき、

「凍死《こごえじに》をしそうだ」

「ど、どうしなすったのだ？」

「大川へ飛び込んで、逃げたものだから……」

「お待ちなせえ。とにかく、着ているものをぬいで……」

彦次郎は真新《ま》しい手ぬぐいを何本も出してきて梅安にわたし、土間の竈《かまど》へ火を起し、酒を茶碗《ちゃわん》へくみ、

「さ、これを、しずかにおのみなせえ」

「あ……ありがとう」

「こっちへ来て、竈の前へ、早く……」

「む……」

梅安の裸体を、彦次郎は手ぬぐいを替え、ごしごしと、擦《こす》りつづけた。

紫色になっていた梅安の顔に、すこしずつ生色《せいしょく》がよみがえってくるのを見て、彦次郎は着替えを出し、梅安の背中へ着せかけた。

「むう……どうやら、生き返ったようだよ、彦さん」

「先刻《さっき》の声は、梅安さんのものとはおもえなかった……」

「井筒へ駆け込もうとおもったのだが、もしも、後をつけられていると、堅気《かたぎ》の店だけに、迷惑がかかるからね」

彦次郎は戸口へ行き、戸を細目に開けて、外をうかがっていたが、

「大丈夫らしいよ、梅安さん」

「そうか……」

しばらくして……。

藤枝梅安は彦次郎の寝床へもぐり込み、枕もとにすわった彦次郎と酒をのみながら、

「実は、あれからね……」

と、すべてを語り終え、

「これはどうも根が深いよ、彦さん。ただの仕掛けではすまなくなってきた」

「こういう面倒な仕掛けは、やめにしたらどうだね。音羽の半右衛門さんには、まだ、はっきりと承知をしたわけではないのだろう？」

「それはまあ、そうだがね……」

「ことわってしまったほうがいい。相手のほうで、もう、お前さんに目をつけているのだもの。こいつは危《あぶ》ねえ」

「音羽の元締は、私が、御用聞きの豊治郎殺しに関《かか》わり合っていることを知らぬのだものね」

いったとき、藤枝梅安の眼がきらりと光った。

「これは、迂《う》闊《かつ》だった……」

「どうしなすった？」

「いや、相手は、私が豊治郎を背負って、堀本桃庵先生の家へ運び込んだのを見とどけている。だからこそ同じ夜、私が豊治郎の家へ知らせに行ったとき、材木町のあたりで、だれか

が後をつけているような気がしたのだ」

「そうなると梅安さん。こいつは桃庵先生も、豊治郎親分のお内儀《かみ》さんも危ないことになる」

「うむ……豊治郎が息を引きとる前に、何やら秘密をもらしたのではないかと、やつらはおもっているにちがいない。だから、私を……」

「こ、こいつは梅安さん。捨てておけねえぜ、桃庵先生も……」

「そうだ。そうなのだよ、彦さん」

「どうする？」

「さて、困った」

「よし、梅安さん。とりあえず、おれがこれから、桃庵先生のところへ行って見ようか？」

「いや、それよりも……」

いいさした梅安が彦次郎を凝視《ぎょうし》し、しばらく黙っていたが、

「今度の仕掛けには、どうしても、彦さんに助けてもらわなくてはね」

と、いった。

「そいつはいいが……」

「いのちがけだ。かまわぬか？」

「では、どうしても、おやんなさるつもりだね」

「私は怒っているのだよ」

梅安は、むしろ、しずかな声でつぶやいたが、凄《すさ》まじい面相になっていた。

「いいかね、彦さん。やつらは、私が音羽の元締から、安部長門守父子の仕掛けをたのまれたことを知ってはいないのだ。豊治郎を助けたという、その一事だけで私の首を狙《ねら》っている。これでは彦さん。人助けもできぬ。恐ろしい世の中になったものさ」

「だが、梅安さん。推量だけではいけねえとおもう。今夜、お前さんを殺そうとした連中が、たしかに、その安部長門守とやらいう旗本の息がかかっているやつらなのか、どうか……はっきりしたことをつきとめておかなくてはなるまい」

「むろんだ」

「それにしても、この仕掛けは、むずかしい」

「といっても彦さん。こっちで手を出さなくとも、向うから仕掛けて来るのだ。火の粉は払わなくては、ね」

「どうしなさる？」

「何を？」

「今夜さ」

「寝かせてもらおう。ここで急いでもはじまるまい」

「桃庵先生は？」

「殺《や》られているなら、もう間に合うまい」

「蒲団が一組しかねえのだが……」

「さ、お入り。そのほうが暖い」

それから二人は、寝床へ横たわり、それこそ寝息もせぬほどしずかに、よくねむった。

九

翌朝。

藤枝梅安は、堀本桃庵へあてて手紙をしたため、

「彦さん。すまぬがこれを、早いうちに桃庵先生へ届けてくれ。私は、これから音羽の元締のところへ行って来る」

「やっぱり、ね。おれも、お前さんがそうしなさるとおもっていた」

豆腐の熱い味噌汁と漬物だけで、梅安が飯を五杯も食べるのを見て、彦次郎が呆《あき》れ顔に、

「こ、これならもう大丈夫だ。昨夜のお前さんは陸《おか》へあがった海坊主のようだったが……」

「ふ、ふふ……われながら呆れている。五度《た》びも飯のおかわりをするとは、ね」

梅安は、彦次郎の着物を借りることにした。その着物は梅安の巨体を包むのに精一杯のところで、手も足もにょっきりとはみ出してしまったが、梅安はすこしも気にかけず、裾を端《はし》

折《よ》り、素足に草鞋《わらじ》をはき、壁にかけてあった菅笠《すげがさ》をかぶり、

「彦さん。昨夜の私の着物をね、行きがけに井筒のおもんへとどけ、手入れをさせておいてくれ、たのむ」

と、いい置き、今朝も寒気のきびしい曇り空の下へ、元気よく飛び出して行った。

後を見送って彦次郎が、

「ああいうときの梅安さんは、まるで、化け物だね」

おもわず、つぶやいたが、土間の壁に設けてある小さな〔のぞき窓〕の蓋をはね、外の様子をうかがって見た。

見る見るうちに遠去かって行く梅安の後姿を尾行する人影は無かった。

（まず、おれのところは大丈夫らしい）

彦次郎も、急いで身仕度にかかった。

藤枝梅安が、音羽の半右衛門の家に着いたのは、五ツ半（午前九時）ごろであったろう。

半右衛門は、小石川の音羽九丁目で〔吉田屋〕という料理茶屋の亭主におさまっている。

だが、これは表向きの稼業で、店を一手に切りまわしているのは大女の女房・おくらだ。

半右衛門は、小石川から雑司ヶ谷一帯を〔縄張り〕にしている香具師《やし》の元締が本業なのである。

名刹《めいさつ》・護国寺《ごこくじ》や雑司ヶ谷の鬼子母神《きしもじん》など、江戸城北の寺社や名所と、それにつながる盛り場の物売りや茶店、見世物興行にいたるまで、いっさいの利権に、半右衛門の息がかかっている。

見たところは、

「吹けば飛ぶような……」

子供のように小さな躰のもちぬしで、風采《ふうさい》もあがらぬ半右衛門の、暗黒街における〔顔〕は相当のものらしい。

梅安が、折しも掃除がはじまったばかりの吉田屋の裏口から、

「もし……元締につたえて下さい。藤枝梅安と申す鍼医者が来たと、な」

台所ではたらいている女中に声をかけた。

今朝の梅安は、どう見ても鍼医者ではない。

坊主頭の、迫力がありすぎる風貌とは似ても似つかぬ風体《ふうてい》をしている。

だれの目にも、菅笠を除《と》った梅安は、

(怪しい……?)

と、映《うつ》るにちがいない。

それなのに、若い女中は梅安を見るや、すぐさま、

「はい、はい。中へ入ってお待ち下さいまし」

親切な物腰で梅安を大きな台所へ請《しょう》じ入れ、すぐに奥へ入って行った。

これを見ていた別の中年の女中が、熱い茶を出してくれ、

「お寒かったでござんしょう」

と、いう。

「はい、はい」

茶をすすりながら梅安は、

（ふうむ。音羽の元締というのは、こいつ、大したものだ）

と、おもいはじめていた。

また、このように台所ではたらく女たちへも、仕つけが行きとどいているというのは、半右衛門の女房の存在を無視するわけにはゆかぬ。

「これはまあ、よく、おいで下さいました」

寝間着のままの半右衛門が、ちょこちょこと台所へあらわれ、

「さ、おあがり下さいまし」

梅安の異様な風体には、すこしも関心をしめさぬ。先夜、梅安宅を訪《おとず》れて来たときの半右衛門とすこしも変りがなかった。

梅安は、吉田屋の階下の奥まった一間へ案内された。

そこへ、半右衛門の女房のおくらが、酒肴をととのえてあらわれた。六尺に近いでっぷり、

とした大女で、半右衛門より十歳下だというから、おくらは三十七歳になる。

口数はすくなく、両手をついて梅安へ丁寧《ていねい》な挨拶をし、色白のふっくらとした顔に微笑を浮かべ、無言で酌をしてくれた。

着替えをした半右衛門が座敷へ入って来ると、おくらは、入れかわりに出て行った。

「梅安先生。どうやら、先夜の件をお引きうけ下さるように見うけましたが……」

「さよう……ですが、その前に、元締と肚《はら》を割っておはなししたいことがありましてな」

「割りましょうよ、先生ならば……」

「そうしてもらわぬと、困る。それでないと、元締の仕掛けがやりにくいことになります」

「はい、はい」

「実は……」

と、藤枝梅安は、先夜以来のいきさつを洗いざらい、半右衛門に語った。

聞いているうちに音羽の半右衛門の矮軀《わいく》が小きざみに揺れ出した。貧乏ぶるいをはじめたのである。これが半右衛門の昂奮《こうふん》をあらわしているのだ。

梅安が語り終えたとき、半右衛門の貧乏ぶるいもぴたりと熄《や》んだ。

それから半刻ほど、二人は密談をかわし、共に、吉田屋を出ることになった。

もっとも、二人の行先は、それぞれにちがう。

半右衛門は家を出る前に、だれか若い者をよびつけ、何事か命じたらしい。

町駕籠《まちかご》が二挺《ちょう》、吉田屋の裏手に梅安と半右衛門を待っていた。

梅安が先に乗ると、後から、半右衛門があらわれた。

それがなんと、女房おくらに軽がると抱きあげられて出て来たのだ。かねがね、札掛の吉兵衛から聞いていたことだが、それを目のあたりに見て、さすがの梅安もおどろいた。

いつもしていることらしく、この夫婦は実に淡々としたもので、

「お早く、お帰り」

いうや、おくらが半右衛門を駕籠へ乗せてやった。

十

やがて……。

音羽の半右衛門の姿を、下谷《したや》・湯島横丁の鰻屋《うなぎや》〔森山〕の二階座敷に見出すことができる。

ここは、半右衛門がなじみの店であった。

亭主の磯五郎《いそごろう》は、以前、半右衛門の〔吉田屋〕の板場で六年もはたらいていたことがある男だ。

吉田屋で、藤枝梅安と密談をしている途中、半右衛門は若い者を使いに走らせてあった。

その呼び出した相手が〔森山〕へあらわれたのは、半右衛門が着いて間もなくのことである。

その相手は、西村左内《にしむらさない》といって、五十がらみの浪人であるが、意外に若わかしい。四十七歳の半右衛門が五十にも六十にも見えるのとは、対照的であった。

さっぱりとした服装《みなり》をしている西村左内は温和な顔だちの、体格も尋常な男だが、左内の剣の冴えは、

「知る人ぞ知る……」

ものなのである。

音羽の半右衛門と西村左内とは、もう十余年のつきあいになる。

左内も、半右衛門が、手持ちの仕掛人のひとりだ。

しかし左内は、ふところの金が無くなるまで、いかに半右衛門がたのみこんでも仕掛けを引き受けぬ。

それが、難点《なんてん》であった。

左内はいま、四十をこえてから迎えた妻女の正江と共に、浅草の橋場に小さな家をもち、五歳になる友太郎という子をもうけていた。

左内の家は、料亭〔井筒〕のすぐ近くにあるはずだ。

「元締。この前の仕掛けの金で、まだ二年は暮せるのだ、むだですよ」

入って来るなり、西村左内がいった。

音羽の半右衛門は、だまって財布《さいふ》を出し、小判を十枚、懐紙の上へならべた。

「なんのまねだね、元締……?」

「左内さん。仕掛けじゃあない。人助けをしてもらおうとおもってね。ですから、お礼は十両で勘弁《かんべん》して下さいよ」

「人助け……?」

「ある人の身を、あなたに護《まも》ってもらいたいのですがね」

「ほう……」

「ま、こういうわけだ。聞いて下さい」

半右衛門は、梅安から聞いたことを、かいつまんで左内に語った。

しかし、藤枝梅安が仕掛人であることは洩《も》らさぬ。

あくまでも鍼医者として、梅安のことを左内につたえた。

「なるほど……ふむ、なるほど……」

小さな銀煙管《ぎんぎせる》で煙草を吸いながら、西村左内は何度もうなずいていたが、そのうちに、煙管をぽんと灰吹きへ当てて、

「よろしい。引き受けましょう」

懐紙の上の十両を手に取り、これを自分の財布に入れた。

その仕ぐさが、すこしも卑《いや》しくなかった。

「では、とにかく、家へもどり、妻にいいふくめてまいろう」

「たのみましたよ、左内さん」

「だが、いきなり、わしが訪ねて行ってもよいのかね？」

「梅安先生に、あなたの顔かたちをすっかりはなしてありますよ」

「そうか、それなら……」

「お内儀さまへ、よろしゅう」

「いや、どうも……」

左内は、一足先きに〔森山〕を出て行った。

半右衛門は、ゆっくりと鰻で昼飯をしたためてから、待たせてあった駕籠へ乗り、音羽へ帰って行った。

それより前に……。

藤枝梅安は、北本所・表町の堀本桃庵宅へ到着している。

彦次郎は、まだ、桃庵宅にいて梅安が来るのを待っていてくれた。

「梅安さん。これはいったい、どうしたことなのじゃ？」

と、桃庵は青ざめて、彦次郎がとどけた梅安の手紙をさしつけるようにした。

「桃庵先生。これは、こちらが好むと好まぬとにかかわらず、相手が勝手に、われわれをつけ狙っているのですよ」

「困ったことだな、これは……」

「私が豊治郎を此処へ担ぎ込んだのが、いけなかったのですな」

「いいや、それはちがう」

　と、さすがに堀本桃庵は医者であった。

「あの場合、だれだって、そうしなくてはならぬし、私も豊治郎の臨終に立ち会えたことを、よかったとおもっている。だが、梅安さん。あのとき、豊治郎が、あの何某《なにがし》のことをいい遺そうとした、それを……」

「先生。私は、そのことをだれにもしゃべってはおりませんよ」

「そうか……しかし、おぬしは昨日、蔵前の巴屋へ立ち寄り、豊治郎の女房に会ったというではないか」

「よく、御存知で……」

「先刻、豊治郎の女房が、おぬしの居所をたずねて来た」

「何といわれます……」

　梅安は、豊治郎女房お吉に、桃庵と自分が死ぬ間際の豊治郎から聞いたことを、

「だれにもいってはなりませんよ。桃庵先生にもいってもらっては困る」

　念を入れておいたから、お吉も、その点は心得ている。

だが、今朝方。彦次郎が、まだ桃庵宅へ着く前に、お吉がやって来て、

「ぜひ、梅安先生にお目にかかりたい」

と、いう。

「何の用あってだな？」

桃庵が問うと、お吉は、

「私事《わたくしごと》の、つまらないことなんでございます」

しかし、それが真《まこと》か否かは、桃庵もすぐに察知した。何か、豊治郎のことで相談に来たにちがいない。桃庵は問いつめたが、お吉はあくまでも、その相談の内容というのを打ち明けなかった。そのうちに、ひょいと、昨日、梅安が巴屋へあらわれたことをもらしてしまったのだ。

「何の相談があるのか、それを聞かぬうちは、梅安殿の居所は教えぬ」

「では、仕方がございません。ただ、梅安先生がお見えなさいましたら、私が来たことだけは、かならず、おつたえ下さいまし」

お吉は、そういい置き、帰って行ったそうな。

「桃庵先生。いずれにせよ、われわれに何の疾《やま》しいところはない」

「当り前じゃ」

「ただ、先生には用心をしてもらわぬと……」

「うっかり、大川橋を歩けぬというのかね」

「ですから、先生の身を護る人をたのんだのです。私の古い友だちですが……」

「ふうん……」

桃庵は、不機嫌である。

桃庵としては、町奉行所へ申し出たいところなのだろうが、まだ一度も、怪しい者につけ狙われてはいない。狙われ、襲われたのは、いまのところ、藤枝梅安ひとりなのであった。

それなのに、桃庵から、これを、

(お上へ申し出るわけにもゆくまい……)

なのである。

だから桃庵は、しきりに、梅安へ、

「昨夜のことを、お上へ訴え出るべきだ」

すすめてやまない。

「そのことも、もちろん、考えていますよ」

梅安が桃庵をあしらっているところへ、医生・山本守が、

「こういう人が、梅安先生をたずねて見えましたが……」

と、名札《なふだ》を出した。

〔西村左内〕

と、見事な筆跡でしたためられてある。

「この人だ……」

名札を桃庵へわたし、梅安は玄関に出て行った。

西村左内が土間に立っている。

見かわす眼と眼がぴ、た、りと合って、どちらからともなく、に、っと笑い合った。

梅安が小腰をかがめて、

「御苦労をおかけしますな」

「いやいや、十両の仕事です」

「私とあなたとは、古い友だちになっております」

「音羽の元締から聞きましたよ」

十一

「彦さん。私は、これから、蔵前の巴屋へ行って見る。お前さんは私が出て行った後、私をつけている奴がいるかいないかをたしかめてくれ。もし、いたら、二人して引ッ捕えてしまおう。いなかったら、そのまま、井筒へ行き、おもんにそういって、いつもの離れで私が帰るのを待っていてくれ」

と、梅安が彦次郎へささやき、桃庵宅の裏口から出て行ったのは、それから間もなくのことであった。

いまにも、雪が落ちて来そうな夕暮れである。

今朝早く、彦次郎の家を出たときと同じ姿の藤枝梅安だ。

梅安は大川橋をわたらず、本所石原町《いしわらちょう》から幕府《こうぎ》の御竹蔵の東側をまっすぐに南へすすむ。

左側は武家屋敷ばかりだし、雪催《ゆきもよ》いの夕暮れどきに、道を行く人もほとんど絶えていた。

右側の御竹蔵の土塀《どべい》は、何処までもつづいている。

尾行者を見つけるのには、絶好の場所であったし、昨夜のように、曲者どもが梅安を襲撃するとしたら、それもまた恰好《かっこう》の場所なのである。

梅安は一度も振り向かなかったが、かなり、緊張していたようだ。

得物《えもの》は何も持っていないが、素足に草鞋《わらじ》ばきゆえ、どんなにしても逃げられるとおもっていた。

彦次郎も、このあたりまで、梅安の後方へついて来たらしいが、尾行者がいないと見て、引き返して行ったようだ。

梅安は両国橋をわたって、蔵前通りへ出た。

明るく灯が入った巴屋の前を通りすぎ、森田町と元旅籠町一丁目の境の道を左へ切れこみ、とりあえず新堀川へ突き当って右へ曲がった。

福富町の豊治郎の家を訪ねるのに、梅安はわざと迂回《うかい》し、尾行者の目がとどかぬよう、神経をつかったのである。

お吉は、実家の巴屋で座敷女中を指揮しながら、はたらいているはずだが、家には、ひとりむすめのお清が留守番をしているにちがいない。

そこで、お清に巴屋へ行ってもらい、そっと、自分が来たことを告げさせようと考えていた。

梅安は、路地へ入って豊治郎宅の裏口へまわり、

「もし……もし……」

声をかけると、すぐに、

「どなた？」

お吉の緊張した声が返って来たではないか。お吉は巴屋へ行かずに、梅安を待っていたらしい。

「私ですよ、藤枝梅安……」

「あっ、先生でございますか」

お吉が台所へ駆け出る気配がし、すぐに戸が引き開けられた。戸締りは厳重にしてあったようだ。

「後を、しめなすったほうがよろしい」

「はい」

梅安の異様な風体を見ても、お吉は顔色ひとつ変えぬ。そこはやはり、御用聞きの女房であった。

「先生のお宅は、昨日、品川台町のあたりとうかがいましたが……うっかりと、遠くは出歩かないほうがいいとおもいまして……堀本先生へ言付《ことづ》けをおねがいし、こうして、凝《じっ》と、待っていたのでございます」

「何か、起りましたかな？」

「うちの人が亡くなったのを聞いて、今朝方、たずねて来てくれた方がいるのでございます」

「どのような……？」

「はい。田原町《たわらまち》一丁目の……」

そこに住む袋物師《ふくろものし》・宗治郎《そうじろう》の女房で、お里《さと》というのが今朝早く、お吉を訪ねて来た。

お里は二十六、七に見え、色は浅ぐろいが、きりっとした顔だちの女で、

「こちらの親分さんが、急に、お亡くなりになったと、うわさに聞きまして……」

「はい」

「もしや、……あの、もしや、御病気でお亡くなりになったのではないと……」

「まあ……」

一瞬、お吉は黙ったが、こうなったら肚《はら》を据《す》えて、と、おもい直し、

「よく、御存知で」

と、こたえた。

「やはり……」

いったなり、お里は身をすくませ、しばらくは後の言葉がつづかぬ。

お吉は、お清を一間きりしかない二階へあげておいてから、

「いったい、どういうことなんでしょう?」

落ちついて、物しずかに尋《き》いた。

「申しあげます。もしや……あの、もしや、そうではないかと……うちの人は、だまって、凝《じっ》としていろと申しますが、昨夜から、どうにも、我慢がならなくなってきたものですから……」

お里の両眼に、はじめて泪《なみだ》が浮かんだ。

お里の父親は、本郷の春木町《はるきちょう》に住んでいた小《こ》村万右衛門《むらまんえもん》という浪人であった。

ただの浪人ではない。まことに裕福の浪人であった。

万右衛門は金貸しだったのである。

これは、のちにわかったことだが、二十年ほど前の小村万右衛門は、因州《いんしゅう》・鳥取《とっとり》三十二万五千石、松平侯の家来で、馬場《ばば》先御門《さきごもん》前の江戸藩邸につとめていたそうな。

それなのに、浪人の身となったのは、お里もくわしくは知らぬ。だが、亡母・幾《いく》が何かのときに洩らした言葉の端々《はしばし》で、どうも万右衛門は江戸藩邸の重役たちの汚職《おしょく》事件に巻きこまれ、その犠牲となって、退身をしたものらしい。

当時、万右衛門は、藩の〔勘定方《かんじょうかた》〕をつとめていた。

「お父さまは、それこそ、煮《に》え湯《ゆ》をのむおもいをなされたが、いろいろと事情《わけ》あって、御自分ひとりが責任《せめ》を負い、身を退《ひ》かれたのですよ」

と、幾はお里にいった。

もっとも、それだけの汚職を胸ひとつにおさめて退身したのであるから、ひそかに、重役たちから万右衛門へ、相当な金が贈られた。

万右衛門としては、これを叩きつけ、彼らの罪状を発《あば》くことも考えたらしいが、そうなると、どうしても自分が同罪になる。悪くすると切腹を命じられかねないし、汚職の張本人である江戸家老は、かならず巧妙に逃げてしまう可能性があった。

おもいなやんだあげくに、小村万右衛門は怒りと口惜しさに堪《た》えぬき、大金を受け取って身を退くことにした。大名家に奉公するばかばかしさが身にこたえていたのであろうし、そうすれば、愛する妻子にも、この上の悲歎をかけずにすむ。

浪人して、春木町の居宅を買い、暮しが落ちついてから、万右衛門は退身するときに受け取った金を元手に、金貸しをはじめることにした。

もとは、勘定方をつとめていて経済経理にあかるい万右衛門だけに、五年もたつと、金貸し業も、すっかり安定したらしい。

さ、そこでだ。

去年の十月二十八日。

小村万右衛門は、幕府の評定所《ひょうじょうしょ》の裁決を受け、死刑を宣告され、その判決が下った当日に、なんと、早くも千住・小塚原《こづかっぱら》の刑場へはこばれ、たちまちに首を切られてしまった。

十二

夜がふけて、ついに、雪になった。

藤枝梅安が、橋場の料亭〔井筒〕へもどって来たのは、四ツ(午後十時)をまわっていただろう。

「いいかげん、心配をしましたぜ」

彦次郎が離れの炬燵《こたつ》にいて、酒ものまずに梅安を待っていて、

「ふ……おもんさんが、じりじりしているよ、梅安さん」

「それどころではない」

「何か……?」

梅安は、おもんに、湯豆腐と酒をいいつけた。

大川の水に浸《ひた》った梅安の衣服は、おもんの手で、きちんと火熨斗《ひのし》がかけられ、離れの乱れ箱に入れてある。

酒肴の仕度がととのえられると、梅安は、おもんに、

「今夜は、すこし、大事の相談があるから……」

と、いった。

「はい。それで先生……」

「何だ？」

「明日は？」

問いかけるおもんへ、彦次郎がこういった。

「大丈夫。明日の夜は梅安先生ひとりきりですよ、おもんさん」

「まあ、いやな……」

いい年齢《とし》をして、おもんが真赤になった顔を袂《たもと》で隠し、離れから駆け去った。

「ちょいと、可愛いね、梅安さん」

「…………」

「どうしなすった？」

「ま、熱い酒《の》をどうだね」

「いただきますよ、へい……」

酒をのみ、湯豆腐を突つきながら、梅安が語りはじめるにつれ、彦次郎の盃を持つ手のうごきがとまってしまった。

「それで、いったい、どうして、その小村万右衛門さんが獄門《ごくもん》にかけられなすったのだね？」

「はじめは、万右衛門さんが、自分の金を百両も借りて行って、一年もの間、一文の利息も払わず、したがって元金《もときん》も返さぬ相手を、たまりかねて評定所へ訴え出たのさ」

「で……その金を借りた相手というのは？」

「それが彦さん。安部長門守のせがれ、主税之助なのだよ」

「ふうむ……」

金百両の借金の、橋わたしをしたのは、小村万右衛門の家からも程近い湯島五丁目に、一刀流の道場を構えている樋口十蔵《ひぐちじゅうぞう》という中年の剣客であった。

樋口は以前、二度ほど、万右衛門から十両程度の金を借りてい、元利《がんり》ともに返している。

ために万右衛門も樋口を信用した。

樋口は、万右衛門を柳島にある安部長門守下屋敷へつれて行き、そこで、長門守行景の長男・主税之助に会わせた。

「どうしても、若様が入用《にゅうよう》ゆえ、金百両を貸してもらいたい。これは、三月《みつき》の内に、かならず返せる金でござる」

　と、樋口十蔵がいった。

「よろしゅうございます」

　万右衛門は熟考の後に、承知をした。

　相手は七千石の大身旗本の、しかも将軍の側近にはべる安部長門守の嫡子《ちゃくし》である。

　どうやら秘密の金らしいが、このような身分をもつ家柄の長男であるからには、

（返金できぬはずはない）

　と、万右衛門がおもったのは、当然のことといわねばならぬ。

　むろん、小村万右衛門は、安部主税之助直筆《じきひつ》の証文と、印形《いんぎょう》の捺印《なついん》を要求した。

「よいとも」

　大柄な、眉《まゆ》毛《げ》の濃い、鼻も口も厚くたくましい感じがする主税之助が、すぐさま証文を書き、捺印をした。

　去年のそのとき、安部主税之助は二十三歳。弟がひとりいて、これは十九歳で、名を主馬《しゅめ》という。

「さて、それから、返済の期日が来ても金を返さぬというのだ、彦さん」

「七千石の旗本の、せがれがねえ……」

「うわさに聞くと、大変なやつらしい」

「その主税之助がかえ、梅安さん」

「そうだよ、彦さん。新吉原には夜な夜な入りびたりだし、日中は日中で、ほれ、その借金の仲立ちをしたという剣客の樋口十蔵や門人たちをあつめ、酒はのむ、市中へ出ては乱暴をする。とにかく、おどろいた奴らしい」

「ふうむ……」

「ついに、たまりかねて、小村万右衛門が評定所へ訴え出た」

「なるほど……」

幕府の評定所は、大身旗本に関わる事件を取りあつかう最高裁判所である。

それから三度ほど、取調べがおこなわれた。

安部主税之助と樋口十蔵とが、小村万右衛門と顔をつき合わせる相対吟味《あいたいぎんみ》もおこなわれた。

取調べに当ったのは、目付役・大下主計《かずえ》、脇坂《わきざか》新三郎である。

この相対吟味において、

「いささかも存ぜぬこと」

と、主税之助が薄笑いを浮かべていえば、樋口もまた、

「なるほど拙者は、以前、小村万右衛門殿より金を借りたこともございますが、それはすべて返済いたしおります。拙者お出入りの安部の若様が百両もの大金を金貸し風情《ふぜい》からお借り

めさるるなどとは、おもいもよらぬこと」

平然と、突っぱねたそうだ。

いうまでもない。

小村万右衛門は、安部主税之助直筆の証文を差し出してある。

それを見せつけられても、

「おぼえござらぬ」

と、主税之助はいうのだ。

ふしぎなことに。

「さようか……」

と、取調べの目付役も、それ以上は追窮《ついきゅう》しようとはせぬ。

見ていて、小村万右衛門は、じりじりしてきた。

そして突然、最後の裁決の日に、評定所へ出頭した万右衛門へ、

「小村万右衛門こと、謀判《ぼうはん》をいたし、無実の申しがかりをいたせし段、不《ふ》とどきしごくにつき……」

なんと、死刑に処すという判決が下り、怒り狂う万右衛門は、ついに自宅へも帰されず、そのまま刑場へ運ばれて首を切られてしまった。

これを聞いて、万右衛門のひとり娘で、六年前に袋物師・宗治郎の女房となっていたお里

は、泣くにも泣けず、あきらめるにもあきらめきれず、御用聞きの豊治郎へ内密に相談をもちかけた。

聞いて豊治郎は、言下《げんか》に、

「そいつは、おかしい」

と、いった。

豊治郎は何の道楽もないが、煙草入れには凝っていて、縄張り内の宗治郎宅へ立ち寄り、特別注文の煙草入れを誂《あつら》えることがしばしばだったという。

「どうやら、それから、豊治郎さんが捨ててはおけぬ気もちになり、安部主税之助や樋口十蔵を探りにかかっていたらしい、と、私はおもうのだがね」

藤枝梅安が、冷えた盃を口へふくみつつ、そういった。

「ふうむ……」

うなずいた彦次郎が、

「それはさておき、梅安さん。安部主税之助を仕掛ける段取りは、こっちでつけるのかね？」

「いや、それは、音羽の半右衛門さんがつけてくれるそうだ」

「ふうん。めずらしいこともあるものだ。それなら、いっそ仕掛けが楽じゃあないか、梅安さん」

「さてね……ともかく、ゆっくりしてはいられない。日にちがたてばたつほど、他人に迷惑がかかる。そのことは私も音羽の元締へ念を入れておいたから、元締もきっと下準備《したごしらえ》を急いでいなさるだろうよ」

「その、安部の親父《おやじ》の方も仕掛けるのかい、梅安さん。七千石の大身で、しかも将軍《くぼう》さまの側近く仕《つか》えているような……」

「そうだよ、父子とも仕掛けるのだ」

「いったい、音羽の元締は、どんな段取りをつけるのだろう？」

「それは私にもわからないが……とにかく、せがれの主税之助を先へ仕掛けてくれ、と、こういっていなすったよ」

「どうして？」

「ま、元締にまかせておこう。私も今夜からは此処をうごけない」

「おもんさんが、よろこぶ」

「ばかをいいなさるなよ、彦さん。音羽の元締からの連絡《つなぎ》は、いま、桃庵先生の傍についている西村左内さんへ来ることになっているのだ。だから明日、彦さんは桃庵先生のところへ詰めていてもらわなくてはならない。たのむよ、彦さん」

「わかった。だがね、梅安さん。音羽の元締は、安部親子の仕掛けを、いったい、だれにたのまれなすったのか……?」

「それは、私にもいわないし、また、聞かぬがこの道の掟《おきて》だからね」

苦笑を口もとへにじませた梅安が、

「私のいうことだけ、すっかり聞いてから、元締はこういったよ」

「何と、ね?」

「こっちも同じようなものでございます、と、ね」

「同じようなもの……?」

「彦さん。とうとう、雪になったようだ」

「よく、わかるねえ。音もしねえのに……」

「雪の気配がしているよ」

十三

その夜、彦次郎は〔井筒〕の離れで梅安と共にねむった。

寝床へついてからも二人は、しばらくの間、ひそひそと語り合っていたようだ。

朝になると、腹ごしらえもそこそこに、藤枝梅安は駕籠をよんでもらい、品川台町の我家へもどって行った。

「あれ……お帰りなんですか、先生……」

何やら、うらめしげなおもんの声を、彦次郎が、

「なあに、今夜は此処へもどっておいでなさるさ」

と、引き取った。

梅安も、おもんにうなずいて見せた。

昨夜。豊治郎の家へ行ったとき梅安は、お吉に、

「あんたも、むすめごも此処にいないほうがよい」

そして、大川橋で襲われたことを打ち明け、こういった。

「だから、巴屋さんへ行っていなさるがよい。おわかりですな」

お吉はうなずいた。気丈《きじょう》な女で、あまり顔色も変えなかった。

いまひとつ気がかりなのは、袋物師の宗治郎お里の夫婦だが、いまのところ、とてもそこまで、

(私の手は、まわりきれぬ……)

と、梅安はあきらめた。

だからこそ、梅安は仕掛けを急いでいるのである。

前夜の雪は、うすく積もっていたが、朝になると熄《や》んでいた。

しかし、依然として灰色の雲の幕が、びっしりと空に張りつめていた。

梅安が出て行くのを見送ってから、彦次郎は堀本桃庵宅へ駆け向った。

梅安は、昼前に品川台町の我家へ帰った。

例により、駕籠を乗り換えたり、歩いたりして、尾行には充分気をつけた。

折しも、留守番の老婆おせきが掃除の最中であったが、

「婆さん。もう、帰っていいよ」

「だって先生。掃除も終ってねえし、先生のお昼のお飯《まんま》を……」

「いいのだ。掃除は明日でいいよ。そのかわり八ツごろ、裏の戸締りをしに来ておくれ」

「それじゃあ、また、今日も精を抜きに行きなさるか？」

「そうとも、そうとも」

「若《わけ》え者《もん》でもねえによう、どうしてそう、先生は身持ちがおさまらねえのかね」

わめきたてるおせきへ、梅安は一分《いちぶ》金《きん》をつまみ出し、

「ほれ、帰ってご亭主と餡《あん》ころ餅でもお食べ」

「へえ……」

たちまちに、おせきは眼をかがやかせ、

「あれまあ一分かえ、先生。坂下の餡ころ餅が総揚げになっちまうよう」

いそいそと帰るおせきを見送ってから、梅安は家の雨戸をすべて閉めきった。

行燈にあかりを入れる。

そして、居間の一隅へしずかにすわると、小さな砥石《といし》を出し、殺しにつかう三寸余の仕掛《しかけ》針《ばり》を五本ならべ、一本一本を、ていねいに時間をかけて研《と》ぎはじめた。

三人か四人、外から戸を叩き、

「先生は、おいでてございませんか？」

声をかけて行った者がいる。

いずれも、この近辺の患者で、梅安が療治に来てくれないものだから、見に来たのであろう。

けれども梅安は、一心に仕掛針の尖端《せんたん》に目を凝《こ》らしてい、振り向きもしなかった。

それが終ると、梅安は着替えの衣類などを風呂敷に包み、仕掛針と短刀をふところにし、裏口からひそかに外へ出て行った。

藤枝梅安が〔井筒〕へもどって来たのは、七ツ（午後四時）ごろだ。

離れへ入って、茶を運んで来たおもんに、

「彦さんは、もどって来なかったかえ？」

「ええ、まだ……」

「いまのうちに……」

「え……？」

「こっちへおいで」

「あっ……」

という間もなく、おもんは腕をつかまれ、引き寄せられていた。

「あ、先生……そんな、急に……もし、人が来たら……い、いけません、先生、いまは……ね、ね……」

「だまっていなさい」

押しころしたような梅安の声に、何か凄《すさ》まじいひびきがこもっている。

「梅安先生は、あの彦さんと、いったい、何をしていなさるんだろう？ ……ただの……先生は、ただの鍼医者じゃあない。きっと、何か……でも、わからない。わから……」

たがいに着物のままで、二人は抱き合っている。

いつものように、ゆっくりと夜の寝床へ肌身を寄せ合って、いろいろと寝物語をしながら、しだいに燃えてゆく充実感はなかったが、そのかわり、梅安の愛撫は獣《けもの》のように烈《はげ》しかった。その烈しさに息をつまらせ、まるで躰中の血が逆流するようなおもいの中で、われ知らず、おもんは声を発し、昂ぶるままに梅安を抱きしめ、無我夢中となってしまった。

彦次郎が〔井筒〕へやって来たのは、それから小半刻のちであった。

湯殿からもどった梅安が、おもんの酌で盃を取りあげたとき、彦次郎があらわれたのだ。

梅安は彦次郎の眼の色がちらりとうごくのを見るや、

「あとはいいよ」

と、おもんにいった。

おもんは、項《うなじ》のあたりに血をのぼせ、彦次郎の顔を見ないようにして出て行った。

「音羽の元締から、つなぎが来たようだね、彦さん」

「うむ。岬《みさき》の千蔵《せんぞう》という人が使いに来た。若いがしっかりしている。あれも二度や三度は仕掛けをしたことがあるにちがいない」

「それで？」

「明日と、おもっていてくれとさ」

「明日か……」

「そうだよ、梅安さん。いま、安部長門守のせがれの、主税之助というやつは、柳島の下屋敷にいて、取り巻きの浪人どもと博奕《ばくち》を打ったりしているらしい」

「ふうむ。将軍家御側衆の御嫡男がねえ……」

「下屋敷の家来どもも、みんな、主税之助を取り巻いているらしい」

「それで？」

「明日の夕方に、主税之助がね、浅草の奥山の裏にある玉《たま》の尾《お》という茶屋へ出かけるそうだ」

「それで？」

「下屋敷から、舟で、源森川《げんもりがわ》を通り、大川をわたって今戸に舟を着け、いつも、そこから歩いて行くというぜ」

「いつも、その玉の尾へ？」

「くわしいことは、千蔵も知っていねえらしい。とにかく、明日の夕方……」

「わかったよ、彦さん。あとは、こっちの仕掛けだ。音羽の半右衛門さんは知らぬことさ」

「二人きりだね」

「いや、音羽の元締は、私ひとりで仕掛けるものとおもっていなさるだろうよ。だが、とんでもない。こいつ、一人では手の出しようがないからね。ひとつ、たのみますよ、彦さん」

「何も、拝んで見せなくともいいじゃあねえか」

「ふ、ふふ……」

「あは、はは……」

笑った二人の顔が、つぎの瞬間に、すっと青白くなって、

「さて、どうやって仕掛けるかね、梅安さん……」

「ゆっくりと、相談をしよう。さ、炬燵へ入ってくれ、彦さん。ときに、堀本桃庵先生はどうしていなさる？」

「はじめは、ぶつぶついってなすったが、今日は外へ出ることもなく、家《うち》で病人を診みていなすったよ。そのうちに、西村左内さんとうまが合ったらしく、おれが出て来るときは、い

っぱいやりながら将棋《しょうぎ》をさしていなすった」

「ほう……それはいい、それはいい」

「あの左内さんという浪人、どんなお人かね？」

「さあ……」

「とぼけていて、そのくせ、人なつっこいのさ」

「妙なお人だね」

風が出て来たようである。

十四

翌朝は、晴れた。

しかし、昼すぎまで寒風が吹き募《つの》り、藤枝梅安は朝飯もとらずに寝床へもぐりこんだまま、なかなかに起きようとはしなかった。

「ま、梅安さんの気がすむまで、寝かせておいてやって下さいよ」

おもんへこういって、彦次郎は朝のうちに〔井筒〕を出て行った。

梅安は、九ツ半（午後一時）ごろ、のっそりと起き出して来て、湯に入り、酒を一本だけのみ、食事をすませ、

「行って来るよ」

手に何も持たず、井筒を出た。

ところで……。

今日の日暮れから、安部主税之助が出かけようとしている奥山裏の茶屋〔玉の尾〕のことだが、ただの料理茶屋ではない。

浅草の奥山といえば、金龍山・浅草寺《せんそうじ》境内の北面、本堂の裏手一帯をさす。ここを一歩出ると、いちめんの浅草田圃《たんぼ》で、境内のにぎわいが、まるで嘘のようにおもわれる田園風景となる。

〔玉の尾〕は、その田圃に囲まれた木立の中にある。柴垣《しばがき》をめぐらし、わら屋根の風雅な造りの棟《むね》が三つ。それぞれに庭をへだてて建てられている。

中へ入ると、ほとんど人の気配も感じられぬほどの静寂《せいじゃく》さで、間仕切りや、戸や襖にも凝った仕掛けがほどこされてい、外から見たのでは屋内の様子がよくわからぬようになっている。

ここは、男女の〔密会〕専門の茶屋なのだが、出合茶屋とも水茶屋ともちがう。

素人《しろうと》ふうの娘や、どこのものとも知れぬ品のよい女房ふうの女などが、玉の尾によばれて、

「客を取る」

のだそうな。

「女の値段も高いが、そのかわり、二度と同じ女を出さねえそうだ」

と、かねてから〔玉の尾〕のうわさを耳にしていた彦次郎が、梅安に教えてくれた。

むろん、だれの耳へも入るうわさではない。

このあたりの暗黒面に通暁《つうぎょう》している彦次郎ならではのことであった。

そうした〔玉の尾〕へ、安部主税之助が、よく女遊びに出かけるというのは、相応に金も要《い》ることになる。

そこで、無頼剣客の樋口十蔵などの入れ智恵で、金貸しの金を踏み倒したりするのか……

七千石の旗本の嫡男が、である。

藤枝梅安は、井筒を出て、まわり道をしながら塩入土手下の彦次郎の家へ着いた。

「私だよ、彦さん」

「待っていましたよ、梅安さん」

戸が内側から開き、梅安が中へ消えた。

しばらくして、二人は別々に中から出て来た。

裏手からあらわれた梅安を、たとえ、おもんが見てもそれと気づかなかったろう。

継《つ》ぎの当った木綿《もめん》の着物に筒袖の半天《はんてん》を重ね、洗いざらしの股引《ももひき》に草鞋をはき、坊主頭へ煮しめたような手ぬぐいで頬かむりをし、その上から菅笠《すげがさ》をかぶった藤枝梅安は、裏口に出ている小さな荷車を曳《ひ》いて歩み出した。

こうした変装の衣類や道具は、昼ごろまでに彦次郎が用意しておいたものだ。

しばらくして、彦次郎が裏口からあらわれ、戸締りをした。

このほうは、小ざっぱりとした百姓姿になってい、背負い籠《かご》に大根なぞを入れ、肩に担いでいた。


日が暮れかけている。

風は絶えたが、また空が曇ってきて、骨にまでしみわたる寒さとなった。

夕闇が濃くたちこめる小梅瓦町《こうめかわらまち》の、源森川沿いの道端《みちばた》に荷車を置き、その上へ腰をおろした藤枝梅安は、もう半刻ほども煙草を吸ったり、うずくまって、にぎり飯を食べたりしていた。

だれが見ても、近在の百姓か何かが荷車を曳いて何処かへ帰って行くようにしか見えない。

源森川は、万治二年に掘割をされた巾十四間《けん》の堀川で、大川と本所の横川をむすんでいる。

いま、梅安が休んでいる場所の前方、右側は水戸家の下屋敷で、その土塀が長く長く、大川までつづいている。日中でも、この道を通る者はあまりなかった。

源森川の対岸は、中ノ郷・瓦町で、その名のとおり、川沿いに細長く、瓦師の家と仕事場がつらなってい、朝から夕暮れまで、合わせて三十におよぶ竃《かまど》で、瓦師が瓦を焼く煙りがたちのぼっているが、いまは、もう、その煙りも絶えていた。

いよいよ、あたりが暗くなった。

梅安が、提灯に火を入れた。

彦次郎が、常泉寺《じょうせんじ》の横手へ出る道からあらわれたのは、このときであった。

「梅安さん。下屋敷から舟が出たぜ」

「主税之助は？」

「乗っている。それに浪人だか剣術つかいだか知らねえが、六人ほどいる。小舟は二つで、うしろのほうに主税之助が乗っていますよ」

「よし」

「十間川をやって来るぜ」

「わかった。彦さんは手筈《てはず》のとおりにしてくれ」

「ひとりで、大丈夫かね？」

「なあに、それよりも、私の逃げ道を、お前がこしらえておいてくれぬといけない」

「ちげえねえ。それじゃあ、梅安さん……」

ぐっと、梅安の手をつかみしめた彦次郎が、

た。

「首尾よく、おやんなさい」

「うむ……」

二人が、どのような顔つきをしていたか、それはもう夜の闇におおわれて定《さだ》かではなかった。

彦次郎は、水戸屋敷の塀に沿って大川の方へ駆け去った。

梅安は煙管を仕まいこみ、革《かわ》づくりの指輪を出し、右手の親指にはめこんだ。

十間川と源森川の境は百姓地になっていて、区切られているかのように見えるが、その北側に、かろうじて小舟一つが通れるほどの水路が設けられてあった。

その水路から源森川の川面へすべり出て来た小舟が二つ。

前の舟に四人の剣客が乗り、うしろの舟には、安部主税之助と二人の家来が乗っている。

舟をあやつっているのは、安部下屋敷の小者《こもの》らしい。

藤枝梅安が立ちあがり、そろそろと荷車を曳いて大川の方へ歩みはじめた。

川面をゆく小舟と並行しながら、梅安は歩んでいた。

源森川が大川へ入る、その川口《かわぐち》に長さ七間、巾二間二尺の源森橋が懸かっている。

その橋へかかる手前から、梅安は足を速め、一気に源森橋へかかり、そこで足をとめ、ふところから仕掛針を二本出し、一本を口にくわえ、一本を右手の人差指と中指の間にはさんだ。

先頭の舟が、橋の下をくぐりぬけて大川へ出て行った。

つぎに、安部主税之助を乗せた舟が、源森橋の下へさしかかろうとしている。

星も凍る闇夜。

突如、藤枝梅安が橋上から身を躍らせた。

いましも橋下へ来た小舟の、舟提灯《ふなぢょうちん》の火影《ほかげ》に、

(まさに、主税之助……)

と見た若い侍を目がけて、飛び下りたのである。

「うわ……」

「ああっ……」

驚愕《きょうがく》の叫びが起ったときには、空から降って来た梅安の巨体を、もろに頭へ受けて前のめりになった主税之助の躰を引き抱えざま、梅安は川の中へ横ざまに落ちた。

舟が大ゆれにゆれ、家来一名が、もんどりを打つように川へ落ちこんだ。

「ど、どうした?」

と、大川へ出た舟から声がした。

「若殿が……早く……」

「た、大変だ、大変だ!!」

水中で、梅安は左腕に主税之助を抱きしめ、右手の仕掛針を存分に、主税之助の延髄《えんずい》の急

所へ刺し込んでいた。

いや、すでに、橋の上から飛び下りて主税之助へ組みついたとき、梅安は初めの仕掛針を、彼の脳天へ打ちこんでいる。

梅安に突きはなされた安部主税之助の死体が、ぐらりと川水の中でゆれ、ただよいはじめた。

藤枝梅安は源森橋の下をぬけ、大川へ出た。

潜《もぐ》ったまま、息のつづくかぎり泳いで、暗い川面へ顔を出した梅安は、二度と後ろを振り向こうともせず、彦次郎が待っている小舟へ抜手《ぬきて》を切りはじめた。

小舟の上で彦次郎が振る提灯が、彼方《かなた》に見えた。

十五

それから四日ほど、藤枝梅安は橋場の〔井筒〕の離れで引きこもったまま、一歩も外へ出なかった。

あの夜の、源森川での事件は、何故か人びとのうわさにのぼらぬ。川向うでの事件ゆえ、井筒の女中おもんの耳へも、

「源森川で、御大身《ごたいしん》の若様が殺されたそうだ」

ぐらいなうわさは入って来るはずであった。

目撃者は、他にいなかった……とすると、安部主税之助殺害の事を、父の長門守行景は、上《かみ》へ届け出なかったのであろうか……。

息子が借金を返さぬため、訴え出た小村万右衛門を、有無をいわさず死刑にしたほどの隠《いん》然《ぜん》たる権力をもっている安部長門守が、息子を殺害した者に怒りをおぼえぬのか……ほんらいならば、激しく怒り、悲しみ、それこそ、おのれの権力を駆使して、犯人捕縛に熱中するはずではないか……。

小村万右衛門は、主税之助直筆の借用証文という、ぬ、き、さ、し、な、ら、ぬ、証拠をもって評定所へ訴え出た。このことが公《おおやけ》になれば、息子が処罰されることのほかに、安部長門守自身の家名に傷がつくばかりでなく、そうなれば幕府も、長門守へ対して何らかの処置をとらねばなるまい。

ゆえに、長門守は、なんとしてもあ、の、と、き、の訴えをもみ消し、証拠をにぎりつぶし、しかも、後難を怖れて万右衛門の一命を、法の名のもとに奪ったのであろう。

評定所の目付たちにも、安部長門守は、おそらく莫大な金をふりまいているにちがいない。

（公儀も腐《くさ》りきっているのだ）

梅安は、つくづくそうおもった。

そして……。

彦次郎もまた、塩入土手下の我家へ閉じこもり、一所懸命に楊子をつくっている。四日の間に一度だけ、ふさ楊子をおさめるため、浅草寺の参道にある卯の木屋へ出かけた。そのついでに、彦次郎は湯島五丁目にあるという樋口十蔵の道場を見に行った。

「あの晩の翌朝、十蔵が帰って来て、あわただしく道場をたたみ、五人ばかりの門人をつれ、何処《どこ》かへ消えてしまったそうだよ、梅安さん」

帰りに井筒へ立ち寄った彦次郎の報告をきいて、

「そうか……それなら、もう、堀本桃庵先生や、豊治郎の妻子、袋物師の夫婦などの身も、すこしは安心できるようになったか、な」

梅安はほっとしたようだが、すぐに、

「いやいや、いますこしのところだ。油断はならぬ」

と、いい直した。

源森川事件から五日目の、気味がわるいほど暖かい曇り日の昼ごろに、音羽の半右衛門が〔井筒〕へあらわれた。

半右衛門配下の千吉へ、梅安が「つなぎの場所は此処に……」と、井筒を教えておいたのである。

「先生。お手際《てぎわ》の冴えには恐れ入りましてございます。あれまでの気の配りも大変なことだったと存じますが、それにしても、いざとなったときの、あの大胆不敵のなさりようには、私もびっくりいたしました」

と、半右衛門は世辞《せじ》でも何でもなく、梅安にいった。

「ほう。元締は私の仕掛けを見ていなすったのか？」

「とんでもないことで……見ませぬが、あとで耳に入りました。知らせてくれる者がございましてね」

「なるほど……」

音羽の半右衛門は、今度の仕掛けをおこなうにつき、安部長門守の家来か小者か、いずれにせよ安部家の内情に通じている者から、いろいろと情報を得ているにちがいない。

「とりあえず、手付けを持って参じました。どうか、お受け取り下さいまし」

と、袱紗《ふくさ》に包んだ七十両を、半右衛門が差し出した。

梅安は軽くうなずき、これをふところに入れた。これが半金なのかどうか、たしかめるつもりもなかった。

「ところで……」

すわり直した半右衛門が、

「明後日《あさって》の夜に、寺嶋にある料理茶屋で、大村《おおむら》というのへ、安部長門守がまいります」

と、いったものである。

〔大村〕は、江戸郊外の寺嶋村（現・東京都墨田区東向島）の、諏訪明神《すわみようじん》の横道を東へ入ったところにある。こんもりとした木立と竹林にかこまれたこの料亭は、風雅なわら屋根の凝《こ》った造りの離れ屋がいくつもあって、大身の旗本のみか、どこやらの大名たちも、おしのびでやって来るという。

大川の水を引きこんだ池や小川が、ひろい庭にあって、つまり山里の風趣を愛《め》でつつ酒をくもうというわけだが、格式も高く、したがって値《ね》も張るということを、梅安も彦次郎も、かねがね耳にしている。

その〔大村〕へ、明後日の夜、安部長門守が微行《びこう》であらわれるというのだ。

長門守を〔大村〕へ招待するのは、江戸城大奥へも出入りをゆるされている本石町《ほんこくちよう》二丁目の呉服問屋・近江屋《おうみや》佐兵衛だ、と、音羽の半右衛門はいった。

それにしても、面妖《めんよう》なことではある。

嫡男が殺害されて十日もたたぬうちに、父親が富商に招かれ、料理茶屋へ出かけて行くというのは、

（どういうことなのだ……？）

であった。

このぶんでは主税之助の葬儀も密《ひそ》かにおこなわれたものと見てよい。

「あとは、おまかせをいたしますでございます」

と、音羽の半右衛門が頭を下げたのへ、梅安が、

「元締。今度は、むずかしい……」

「やさしい仕掛けなら、梅安先生におたのみするまでもございません」

「明後日……かならず、というわけにはまいらぬな……」

「はい。うまく事が運びませぬときは、つぎの折を見て……」

「それでよろしいか？」

「はい。二度でも三度でもかまいませぬ。主税之助の仕掛けは急がぬと、いろいろな人たちが迷惑をこうむります。それで、先生に忙《せわ》しいおもいをおさせ申しました」

「なるほど……」

「安部長門守のほうは、たとえ、一年がかりでも、かまいませぬ。そのかわり、屹《きっ》と仕掛けて下さいまし」

半右衛門の声に熱がこもってきた。小さな躰が貧乏ぶるいでゆれていた。

半右衛門が帰ったのち、藤枝梅安はおもんをよび、

「すまないが、彦さんをよんで来ておくれ」

と、いった。

十六

この日。

早くも梅安は彦次郎をつれ、料亭〔大村〕へ出かけて行った。

梅安は黄八丈《きはちじょう》の着物を裾長《すそなが》に着て、黒縮緬《くろちりめん》の羽織。絹の頭巾をかぶり、りゅうとしたいでたちであった。

彦次郎も、きれいに髪をゆいあげ、上品な身なりをし、どこぞの商家の主《あるじ》になりきっている。

〔大村〕へ着いて、梅安は、音羽の半右衛門からいわれたとおりに、座敷女中の頭《かしら》をしているお浜というのをよび出し、音羽の半右衛門からいわれたとおりに、

「先日、青山下野守《しもつけのかみ》様御家中の音羽殿より申し入れてあるはずだが、私は、大島長伯《おおしまちょうはく》と申すもの」

と、いった。

「まあ、さようでございましたか。さ、どうぞ、おあがり下さいまして」

お浜は、すぐさま梅安と彦次郎を離れ屋の一つへ案内をした。四十前後の、きびきびとした女である。

「あの女にも、音羽の元締の息がかかっているのだろうよ、彦さん」

「うむ、そうらしい」

離れ屋は五棟あった。二間つづきか三間つづきで、それに雪隠《せっちん》と湯殿がついている。

広間もある母屋のほうでは三味線、太鼓の音がしていた。どこかの宴席らしい。

お浜が酒を運んで来たとき、梅安が、

「しずかな離れ屋だな。中の造りは、みな同じか？」

「はい。まあ、似たようなものでございますが、みな、趣向《しゅこう》がちがっております」

顔も声も無表情のままで、お浜は酒を運び、食事の給仕をつとめ、その間に、しばしば、姿を消した。

梅安と彦次郎は、この夜だけで、およそ〔大村〕の内外の様子を胸にたたみこむことができた。

梅安は、帰りぎわに、二十両もの金を、お浜へわたし、

「これで、たのむ」

と、それだけいった。

お浜の小さな、木《こ》の実《み》のような眼が、わずかに光ったようだ。

「はい」

うなずいた。

「明後日の夜、また、二人で来ます。たのみましたよ」

と、彦次郎。

「かしこまりました」

お浜が、はっきりとうなずき、

「すこし、お早目に……」

と、いうではないか。

「うむ……」

梅安が、うなずき返し、お浜が座敷から出て行くのを見送って、

「いよいよ、本物だ。まさに、あの女は、音羽の元締の息がかかっている」

と、ためいきを吐くように、

「どうして、札掛の吉兵衛元締より、二枚も三枚も上手《うわて》だね」

翌々日の夕暮れに、藤枝梅安と彦次郎は駕籠で〔大村〕へ乗りつけた。

お浜は、わら屋根の門の下で待っていてくれ、先夜と同じように、二人を玄関へあげず、庭づたいに離れ屋へ案内をした。先夜と同じ離れ屋である。

お浜は、いったん母屋へ去って行き、先ず、茶菓を運んであらわれた。

「今夜……」

と、お浜が茶を二人へすすめつつ、視線を畳へ落し、

「向うの、いちばん奥の離れで、呉服問屋の近江屋佐兵衛さんが、お客をなさるんでございますよ」

こういって、また、出て行った。

それからしばらくして、お浜が酒肴《しゅこう》を運んであらわれたとき、すでに梅安の姿は何処《どこ》にも見えなかった。

お浜は、そのことに一言もふれず、だまって彦次郎へ酒をすすめた。

彦次郎が、にっと笑いかけ、盃を手にした。

お浜は、笑いもせずに出て行った。

ちょうどそのとき、家来八名に護られた駕籠に乗り、安部長門守が〔大村〕へ到着した。

母屋に待っていた近江屋佐兵衛があらわれ、駕籠を庭の中まで入れた。

頭巾をかぶった長門守が駕籠を出て、離れ屋へ入った。この離れ屋は、梅安たちがいる離れにもっとも遠かった。背後が竹林で、前に大きな池があり、鯉が群れている。

長門守の家来たちは、母屋の大座敷へ入り、ここで酒肴のもてなしを受けるらしい。

この夜は、五棟の離れ屋のうち、三棟に客が入っている。

酒肴が運ばれる前に、二人きりとなったとき、近江屋が、

「殿様。まことにもって、このたびは……お悔《くや》みの申しあげようもございませぬ」

といったのは、主税之助のことをさしたものであろうが、それにしては奇妙だ。近江屋は薄笑いを浮かべている。

「うむ、うむ……」

ゆったりと、脇息《きょうそく》に身をもたせている安部長門守行景は、このとき五十歳。すっきりとした躰つきの美男子で、四つ五つは若く見えた。

「よう仕てのけてくれた、近江屋。見事なものじゃ。いずこの何者にたのんだのじゃ？」

「それは、申しあげかねまする」

「よかった、よかった。主税之助に、この上、生きていてもろうては、わしが困る。きゃつめ、我子ながら狂うておる。だれの血を引いたものかのう」

「ふ、ふふ……もう、それほどになされませ」

「近江屋。さぞ、金もかかったであろう」

「御案じ下されませぬよう」

「我子を殺させた親……このわしを何とおもう？」

「これはどうも、返事の仕様もござりませぬ」

「主税之助に生きておられては、いまに、わしが危うくなる。家名にもかかわることよ」

「ごもっとものことでござります」

「ほっといたした。わしの跡目を、これでようやく、次男の主馬につがせることができる。

安心をいたした」

「はい、はい」

「毒を盛ってくれようかともおもうたが、屋敷内のことじゃ。もしも万一、事が洩れたときは取り返しがつかなくなる。それで、お前にたのんだのじゃ」

「もう、それほどになされませ」

「のぞみがあらば、何なりと申せ」

「いずれ、あらためまして……今夜は、ゆるりと、おくつろぎあそばしますよう」

「さようか、うむ……」

間もなく、酒が運ばれ、近江屋が待機させておいた芸者たちが、にぎやかに離れ屋へ入って来た。

それから、どれほど後のことであったろう。

安部長門守は、若い芸者につきそわれ、小用《こよう》に立った。

離れ屋の玄関を入ったところの左手に渡り廊下が見える。突き当りが雪隠《せっちん》(便所)である。中はひろく、香がたきこめられていた。

長門守は戸口までついて来た芸者を抱きしめ、荒々しく、その唇を吸い、上機嫌で雪隠へ入って行った。

入って、屈み込んだ安部長門守の頭上から大きな人間の躰が落ちて来た。

「あっ……」

叫んで立ちあがった長門守の延髄へ、深々と仕掛針を突き込んだ梅安が、これをぬき取り、倒れかかる長門守を抱きとめ、しずかに寝かせ、さらに、とどめの一突きを延髄へ刺し入れた。

梅安は、雪隠の天井に、はりついていたのである。

「もし……もし、殿さま……」

中の異様な物音に気づいた芸者が、戸の外から声をかけている。

梅安は、戸の内側に立ち、落ちついていた。長襦袢《ながじゅばん》の裾をまくり、素足であった。

恐怖で、芸者は雪隠の戸を引き開ける勇気もなく、悲鳴をあげて駆け去った。

それを見すまして、梅安が戸の外へすべり出て、たちまちに庭の闇へ隠れた。

近江屋佐兵衛や、長門守の家来が雪隠へ駆けつけ、大さわぎとなった。その最中に、すばやく着替をすませた藤枝梅安と彦次郎はお浜に見送られ、庭づたいに〔大村〕から去って行った。

「あとは、どうなるかねえ、梅安さん」

「ふ、ふふ……将軍《くぼう》さまの側近くつかえる大身旗本が雪隠の中で死んだとあっては、おもてむきにも出来まいよ。突き刺したあとで、にじんだ血はとめておいた。なんで死んだか、おそらくわかるまい」

暗い田圃道を急ぎながら、二人は語り合っている。

「それにしても、主税之助を殺させたのが、親父の長門守だったとはねえ」

「たのまれた近江屋は、むろん、そのことを音羽の元締に隠していたろうが、元締がわけもなく探り出したのだろうよ」

「それで……長門守を殺させたのは？」

「これはね、彦さん。きっと、音羽の元締だろうよ」

「そ、そうかね」

「仕掛けのことで、長門守父子を探っているうち、元締はきっと、自分が親父のほうも仕掛けたくなったのではないかねえ」

「ふうむ……」

「彦さん。寒いねえ」

「長い間、襦袢一枚で、さぞ辛《つら》かったろう」

「臭かったよ。香がたきこめてあったがね」

「こいつは梅安さん。また、雪になるぜ」

「今夜の彦さんの勘ばたらきは、冴えているね」

「冗談を……井筒へ行って、早く熱い酒《の》を……」

「いや、今夜は、お前さんのところへ泊ろう」

「え……どうして？」

「仕掛けたすぐ後で、おもんの顔は見たくないのだ」

「なある……」

「さ、急ごう。腹が空《す》いて腹が空いて、どうにもたまらない」

「だって梅安さん。おれのところには、酒はあるが、食い物は何もねえぜ」

「葱《ねぎ》はあるかね？」

「そりゃあ、ある」

「味噌は？」

「味噌なんぞ、切れるわけがねえ」

「それでいいじゃないか。熱い熱い根深汁《ねぶかじる》を、ふうふういいながら吸いこむのさ。うまいぞ」

「そして、飯を五杯もおかわりをしなさるのかえ？」

「そうとも。こんなに気もちのよい仕掛けは久しぶりだよ、彦さん」

白く冷めたいものが、はらはらと落ちて来はじめた。

梅安と彦次郎の姿は、闇の中へ溶けこみ、寺嶋村から消えてしまっている。

解説

常盤新平

二十年ほど前、酒場で一人で飲んでいるとき、となりの若い客に声をかけられた。話相手が欲しそうな物怖じしない青年だった。

「僕は池波正太郎が好きなんです」と彼は自己紹介をした。「それで声をかけたんです」

彼の顔はここでときどき見かけていたから、私が客の誰かと池波正太郎の話をしたのを以前に聞いていたのだろう。細面の眼鏡をかけたN青年である。その後、池波さんの新作が出るたびに、酒場で顔が合うと、その話をした。彼とはいまでもつきあっていて、ときどき酒を飲むが、池波さんの新作の話をしなくなって久しい。

池波さんが亡くなって、毎年二冊か三冊は出ていた本の話ができないのは、じつに淋しい。酒場で知り合って親しくなったN青年もいまや四十代半ばで、髪に白いものがちらほらまじっている。彼はいまでもときどき言う。

「また梅安を読みかえしましたよ。大男の梅安の、細い影のような彦次郎がいいですね。ぼくは梅安や彦次郎や小杉十五郎の会話が好きですよ」

『仕掛人・藤枝梅安』の愛読者として、私も同感であるが、それは私ひとりばかりでなく、そういう読者が多いはずだ。浅からず深からぬ、遠慮がちな、しかし深く信頼しあう三人の中年男の交わりは江戸の友情である。

「春雪仕掛針」でも梅安と彦次郎の、仕掛人とは思われぬ、のどかな会話が聞かれる。浅草、橋場の料亭、井筒で持って彦次郎に梅安は上方に行くのは少し先になりそうだと言う。彦次郎は――

〈おれも一緒に行きてえものだ」

「ま、今度は江戸にいて、総楊子《ふさようじ》でも削っておいで」

「つまらねえな……」

「ところで彦さん、何処《どこ》へ行っていたのだ?」

「へ、へへ……」

めずらしや彦次郎、品川へ出かけ、土蔵相模《どぞうさがみ》で女郎を抱いて、流連《いつづけ》をしていたらしい。

「彦さん、お前さんにも、そういうところがあるのだねえ」

「冗談じゃねえ。おれだって、これでも男の端《はし》くれだよ、梅安さん」

「なじみの女かえ？」
「うんにゃ、なじみは梅安さんだけさ」〉

これらの会話から二人の関係が明らかだ。妻子をうしなった彦次郎は四十いくつだが、「男の端くれ」であり、裏にまわれば、腕ききの仕掛人であり、浅草のはずれの塩入土手に住んで、それこそ「なじみは梅安さんだけ」である。梅安にしても鍼の患者たちからは「仏の梅安」、「台町のお助け先生」と慕われて、裏では「蔓《つる》」の札掛の吉兵衛や大坂、道頓堀の白子屋菊右衛門や音羽の半右衛門のような香具師の元締たちから仕掛人として絶大な信用を受けながら、心を許す相手は彦次郎ひとりだ。

この二人が世間話をしているときでも、いつのまにか仕掛の話になる。そのあとで、梅安が「私も、ここらあたりであの世へ行ってしまうがいいかも知れぬ」と言えば、彦次郎も「おれも、さ……」と答えて、二人の眼と眼が合う。二人はいつ殺されてもおかしくないが、彦次郎はつくった総楊子を浅草観音の参道にある卯《う》の木屋におさめ、梅安は品川台町で近隣の人たちに鍼《はり》治療を行っている。どちらも名人だ。彦次郎は楊子つくりの名人であり、梅安は彼自身がおもんに言ったところによれば、「天下一の鍼《はり》医者」である。

おもんは梅安を鍼医者と信じきっている。池波さんの小説には美人はほとんど出てこない。出てくるとすれば「女ごろし」で梅安が仕掛る実の妹のような悪女である。素直な美女をあげるとすれば、『剣客商売』の佐々木三冬ただひとりだろう。おもんも美しくはないが、女らしい魅力に溢《あふ》れている。

井筒の座敷女中をつとめるおもんは梅安を「眼をうるませ、飛び立つようにして迎え」る。彼女が「鼻につかぬ」のが梅安に不思議でならない。池波さん自身、おもんについて語っている。

「男にとっては、ああいう女と一緒にいるときがいちばん休まるんじゃないですか、気持ちが」

「ああいう女がいたんですよ、昔はいくらでも。今はいませんね」

「いい女でなくていいんですよ」

「おもんがいい、いいっておっしゃいますけど、おもんがこれからどう変身するかわかりませんよ」(笑)

『仕掛人・藤枝梅安』の最終作となった『梅安冬時雨』で、梅安は井筒を訪れながら、おもんに会わずに別れを告げた。そこでもおもんが「変身」していないことが読者にはわかるだろう。おもんが登場すると、私などはほっと一息つく。

『梅安蟻地獄』では、巻頭の「春雪仕掛針」が一番短かく、「梅安蟻地獄」が最も長い。どちらも「私も、長くは生きていられまい……」と思いきわめる梅安のハードボイルドな男らしさがにじみでている。おもんが「眼をうるませ」て彼を迎えるのも当然だろう。「春雪」はこのシリーズで私の最も好きな物語の一つである。発端も途中も終末も意外性に富んでいて、小説を読む楽しさを十分すぎるほどに堪能させてくれた。ちなみに本編は昭和四十八年の作品で、「小説現代」六月号に掲載された。

「梅安蟻地獄」は同年の九月号と十月号の二回にわたっての発表である。池波さん五十歳、作家として脂の乗りきったころであり、『仕掛人・藤枝梅安』では同誌の読者賞に輝いた。池波さんはそのよろこび（『殺しの四人』所収）に語っている。読者の熱い支持を受けて連作になったのだ。

「梅安蟻地獄」には第三の男が登場する。小杉十五郎で、梅安は彦次郎に語る。

「おもんがいうには、私を斬ろうとして、人ちがいに気づき、この井筒へあらわれ、私に似た男がいないか、と尋《き》いた侍というのが、年のころは三十五、六、痩せて小柄な、まるで少年《こども》のような躰つきの、それでいて、いかにも元気そうな、眼の大きい人で、垢《あか》じみていない着ながし姿で、刀は大きいのを一本、落しざしにしていたというのだよ」

彦次郎の反応は早い。「おもしろいね」と言い、小杉十五郎を同じ仕掛人ではないかと想像する。梅安は十五郎を弟のようにかわいがる。三人の仕掛人は気が合うのだ。

十五郎は奥山念流の名人、牛堀九万之助の道場を訪ねたのが縁となって、門人たちに稽古をつけてやることで、この道場に職を得た。牛堀九万之助といえば鬼平こと長谷川平蔵の親友ではないか。しかし、十五郎が知ったころには九万之助は年老いて、まもなく死亡している。九万之助の死で十五郎は心ならずも争いごとにまきこまれてしまう。

本書も『鬼平犯科帳』や『剣客商売』と同じく、食べものがたくさん出ていて、『梅安料理ごよみ』という本があるほどだ。「春雪仕掛針」にもうまそうな料理が井筒で出される。〈佃の沖で漁《と》れた白魚が平たい籠《かご》に盛られてい、小さな細い透明な魚の鉢から籠の目が透き通って見えるようにおもえるほどだ。それに黒胡麻《ごま》の粒一つを置いたような愛らしい白魚の目はどうだ。食べてしまう自分《おのれ》が憎らしいとさえ感じられてくる。

梅安は、それへわずかに醬油《しょうゆ》をたらしこみ、菜箸《さいばし》にすくい取った白魚を鍋へ入れた。こうして、さっと煮た白魚へ、潰《つぶ》し卵《たまご》を落しかけて食べるのが、梅安の好みなのである〉

はじめは連作にするつもりがなかった梅安を書きはじめて十年目を迎えたとき、私は池波さんにインタビューする役を仰せつかった。池波さんに愛読者代表としてインタビューするのは、それが三度目だった。三度とも先生のご機嫌はすこぶるうるわしかった。

「梅安の十年」では、どうして梅安のような人物をつくったのかわからないと語っている。どんな殺し屋にしようかと思ったとき、刀で斬るのは以前にも書いているので、気が乗らなかった。池波さんは江戸の暗黒街にくわしい。というより、江戸の暗黒街を創造した。殺し屋を医者にしたのは、つぎのような事情による。

「昔の医者は『医は仁術』でしょ。人を助けるわけですよ。梅安だったら鍼治療でね。その一方では、金をもらって悪いやつを殺して……法律的には悪事なんだけども、それがまた異常な善事でもあるということでね」

「仕掛」や「蔓《つる》」、「起《おこ》り」はすべて池波さんの造語である。すぐれた作家は言葉を創る。「闇の世界ですから残っていないんですよ、資料なんか。ああいうのは全部自分で創らないといけないんですよ」

藤枝梅安はまず名前がいい。池波さんもこの名前が気に入っていた。この名前を思いついたとき、小説の成功はほぼ約束されたといってもよかろう。梅安の幼名は梅吉、姓の藤枝は、梅安を東海道のどこかで生まれたことにしようと五十三次の地図を見ているうちに、これはいいと思ったそうだ。「梅安というのは、ちょっと色気があるでしょ」と笑みを浮かべられたのを記憶している。

池波さんに会ったのは、インタビューのほかにわずか数度にすぎない。一度、「君は梅安に似ているね」と池波さんに言われて、「梅安はこんな変な顔はしていないでしょう」と恐れながら申し上げたことがある。お宅には一度おじゃましただけである。忘れがたいのは、いまから十四年前、神田神保町で偶然にお目にかかったときのことである。池波さんは山上ホテルに宿泊していて、直木賞の選考会に備えて候補作を読んでおられた。その一月の朝は本屋に行った帰りだったらしい。

お茶に誘われて近所の喫茶店にはいった。池波さんはあまり口をきかれなかったが、終始笑顔で、私はこの偶然をよろこんだ。私は愛読者であるが、この作家にはなるべく近づかないようにしていた。読むだけで、それもなんども読みかえすことで十分に満足していた。新作を読んで、酒場でN青年と、梅安がおもんを抱きしめるシーンなんかの話をしていると、時間のたつのも忘れた。最後は、池波さんは女をじつによく知っているねということに落ちつくのだった。

N青年は中年男になり、私は池波さんの享年を過ぎてしまった。池波さんが亡くなられて十年になるが、『仕掛人・藤枝梅安』はその無類のおもしろさから、以前にもまして新しい読者をつぎつぎと獲得しつつある。じつによろこばしい。『梅安蟻地獄』をはじめて読んだときの、あのゾクゾクするような興奮はいまや忘れられぬ思い出だ。あのころ、池波さんの小粋な姿を銀座でときどき遠くから見かけた。私は思わず立ちどまって、池波先生と胸のうちで挨拶申しあげたのだった。

本文庫に収録された作品のなかには、今日の観点からみると差別的表現ととられかねない箇所があります。しかし作者の意図は、決して差別を助長するものではないこと、作品自体のもつ文学性ならびに芸術性、また著者がすでに故人であるという事情に鑑み、表現の削除、変更はあえて行わず底本どおりの表記としました。読者各位のご賢察をお願いします。

〈編集部〉

本書は、『完本池波正太郎大成16　仕掛人・藤枝梅安』（一九九九年二月小社刊）を底本としました。

|著者|池波正太郎　1923年東京都生まれ。『錯乱』にて第43回直木賞を受賞。『殺しの四人』『春雪仕掛針』『梅安最合傘』で３度小説現代読者賞を受賞。「鬼平犯科帳」「剣客商売」「仕掛人・藤枝梅安」を中心とした作家活動により、第11回吉川英治文学賞を受賞したほか『市松小僧の女』で第３回大谷竹次郎賞を受賞。「大衆文学の真髄である新しいヒーローを創出し、現代の男の生き方を時代小説の中に活写、読者の圧倒的支持を得た」として第36回菊池寛賞を受けた。1990年５月、67歳で逝去。

新装版《しんそうばん》 梅安《ばいあん》蟻《あり》地獄《じごく》 仕掛人《しかけにん》・藤枝梅安《ふじえだばいあん》（二）

池波正太郎《いけなみしょうたろう》

2001年４月15日第１刷発行
2009年11月25日第25刷発行

発行者――鈴木　哲

発行所――株式会社　講談社
東京都文京区音羽2-12-21　〒112-8001
電話　出版部（03）5395-3510
　　　販売部（03）5395-5817
　　　業務部（03）5395-3615

Printed in Japan

講談社文庫

定価はカバーに
表示してあります

デザイン―菊地信義
製版――凸版印刷株式会社
印刷――豊国印刷株式会社
製本――加藤製本株式会社

落丁本・乱丁本は購入書店名を明記のうえ、小社業務部あてにお送りください。送料は小社負担にてお取替えします。なお、この本の内容についてのお問い合わせは文庫出版部あてにお願いいたします。

ISBN4-06-273136-3

講談社文庫刊行の辞

二十一世紀の到来を目睫に望みながら、われわれはいま、人類史上かつて例を見ない巨大な転換期をむかえようとしている。

世界も、日本も、激動の予兆に対する期待とおののきを内に蔵して、未知の時代に歩み入ろうとしている。このときにあたり、創業の人野間清治の「ナショナル・エデュケイター」への志を現代に甦らせようと意図して、われわれはここに古今の文芸作品はいうまでもなく、ひろく人文・社会・自然の諸科学から東西の名著を網羅する、新しい綜合文庫の発刊を決意した。

激動の転換期はまた断絶の時代である。われわれは戦後二十五年間の出版文化のありかたへの深い反省をこめて、この断絶の時代にあえて人間的な持続を求めようとする。いたずらに浮薄な商業主義のあだ花を追い求めることなく、長期にわたって良書に生命をあたえようとつとめるところにしか、今後の出版文化の真の繁栄はあり得ないと信じるからである。

同時にわれわれはこの綜合文庫の刊行を通じて、人文・社会・自然の諸科学が、結局人間の学にほかならないことを立証しようと願っている。かつて知識とは、「汝自身を知る」ことにつきていた。現代社会の瑣末な情報の氾濫のなかから、力強い知識の源泉を掘り起し、技術文明のただなかに、生きた人間の姿を復活させること。それこそわれわれの切なる希求である。

われわれは権威に盲従せず、俗流に媚びることなく、渾然一体となって日本の「草の根」をかたちづくる若く新しい世代の人々に、心をこめてこの新しい綜合文庫をおくり届けたい。それは知識の泉であるとともに感受性のふるさとであり、もっとも有機的に組織され、社会に開かれた万人のための大学をめざしている。大方の支援と協力を衷心より切望してやまない。

一九七一年七月

野間省一

講談社文庫　目録

家田荘子　渋谷チルドレン
池宮彰一郎　高杉晋作 (上)(下)
池宮彰一郎他　異色忠臣蔵大傑作集
井上祐美子　公主帰還
井上祐美子 塚本青史 森福都　妃《ひ》・殺《さつ》・蝗《こう》〈中国三色奇譚〉
飯島勲　代議士秘書〈永田町、笑っちゃうけどホントの話〉
池井戸潤　果つる底なき
池井戸潤　架空通貨
池井戸潤　銀行狐
池井戸潤　銀行総務特命
池井戸潤　仇敵
池井戸潤　BT'63 (上)(下)
池井戸潤　不祥事
池井戸潤　空飛ぶタイヤ (上)(下)
岩瀬達哉　新聞が面白くない理由
岩瀬達哉　完全版 年金大崩壊
乾くるみ　塔の断章
乾くるみ　匣《はこ》の中
岩城宏之　森のうた〈山本直純との芸大青春記〉

石月正広　渡世人
石月正広　笑う花《おい》魁《らん》〈結わえ師・紋重郎始末記〉
石月正広　握られ同心〈結わえ師・紋重郎始末記〉
石月正広　糸のさだめ〈結わえ師・紋重郎始末記〉
糸井重里　ほぼ日刊イトイ新聞の本
岩井志麻子　東京のオカヤマ人
岩井志麻子　私小説
乾荘次郎　妻《め》敵《がたき》討《う》ち〈鴉《からす》道場日月抄〉
乾荘次郎　夜襲〈鴉《からす》道場日月抄〉
乾荘次郎　介錯〈鴉《からす》道場日月抄〉
石田衣良　LAST［ラスト］
石田衣良　東京DOLL
石田衣良　てのひらの迷路
石田衣良　40《フォーティ》 翼ふたたび
井上荒野　ひどい感じ—父・井上光晴
飯田譲治　NIGHT HEAD 1〜5
飯田譲治　NIGHT HEAD DEEP FOREST
飯田譲治 梓河人　アナン、(上)(下)
飯田譲治 梓河人　Gift

飯田譲治 梓河人　この愛は石より重いか
飯田譲治 梓河人　盗作 (上)(下)
稲葉稔　武者とゆく
稲葉稔　闇夜の義賊〈武者とゆく㈠〉
稲葉稔　真夏の凶刃〈武者とゆく㈡〉
稲葉稔　月夜の始末〈武者とゆく㈢〉
稲葉稔　陽月の契り〈武者とゆく㈣〉
稲葉稔　武士の約定〈武者とゆく㈤〉
井村仁美　アナリストの淫らな生活〈ベンチマーク〉
池内ひろ美　リストラ離婚〈妻が・夫を・捨てたわけ〉
池内ひろ美　読むだけで「いい夫婦」になる本
いしいしんじ　プラネタリウムのふたご
伊藤たかみ　アンダー・マイ・サム
池永陽　指を切る女
井川香四郎　冬の蝶〈梟与力吟味帳〉
井川香四郎　日照り草〈梟与力吟味帳〉
井川香四郎　忍《すい》冬《かずら》〈梟与力吟味帳〉
井川香四郎　花《はな》詞《ことば》〈梟与力吟味帳〉
井川香四郎　雪の花火〈梟与力吟味帳〉

講談社文庫　目録

井川香四郎　鬼《き》雨《う》〈梟与力吟味帳〉
井川香四郎　科《しな》戸《と》の風〈梟与力吟味帳〉
伊坂幸太郎　チルドレン
伊坂幸太郎　魔王
岩井三四二　逆ろうて候
岩井三四二　戦国連歌師
岩井三四二　銀閣建立
岩井三四二　竹千代を盗め
絲山秋子　逃亡くそたわけ
絲山秋子　袋小路の男
絲山秋子　絲的メイソウ
石黒　耀　死都日本
石井睦美　レモン・ドロップス
犬飼六岐　筋違い半介
石川大我　ボクの彼氏はどこにいる？
内田康夫　死者の木霊《こだま》
内田康夫　シーラカンス殺人事件
内田康夫　パソコン探偵の名推理
内田康夫　「横山大観」殺人事件

内田康夫　漂泊の楽人
内田康夫　江田島殺人事件
内田康夫　琵琶湖周航殺人歌
内田康夫　夏泊殺人岬
内田康夫　平城山《ならやま》を越えた女
内田康夫　「信濃の国」殺人事件
内田康夫　鐘
内田康夫　風葬の城
内田康夫　透明な遺書
内田康夫　鞆《とも》の浦《うら》殺人事件
内田康夫　箱庭
内田康夫　終幕《フィナーレ》のない殺人
内田康夫　御堂筋殺人事件
内田康夫　記憶の中の殺人
内田康夫　北国街道殺人事件
内田康夫　蜃気楼
内田康夫　「紅藍《くれない》の女《ひと》」殺人事件
内田康夫　「紫《むらさき》の女《ひと》」殺人事件
内田康夫　藍色回廊殺人事件

内田康夫　明日香の皇子
内田康夫　伊香保殺人事件
内田康夫　不知火《しらぬい》海《かい》
内田康夫　華の下にて
内田康夫　博多殺人事件
内田康夫　中央構造帯(上)(下)
内田康夫　黄金の石橋
内田康夫　金沢殺人事件
内田康夫　朝日殺人事件
内田康夫　湯布院殺人事件
歌野晶午　ROMMY〈越境者の夢〉
歌野晶午　正月十一日、鏡殺し
歌野晶午　死体を買う男
歌野晶午　放浪探偵と七つの殺人
歌野晶午　安達ヶ原の鬼密室
歌野晶午　新装版　長い家の殺人
歌野晶午　新装版　白い家の殺人
歌野晶午　新装版　動く家の殺人
内館牧子　リトルボーイ・リトルガール

2009年9月15日現在